刘慈欣 等◎著

北方联合出版传媒(集团)股份有限公司
万卷出版有限责任公司

ⓒ 刘慈欣等　2022

图书在版编目（CIP）数据

太原之恋 / 刘慈欣等著 . -- 沈阳：万卷出版有限责任公司, 2022.7
　ISBN 978-7-5470-5958-6

　Ⅰ.①太… Ⅱ.①刘… Ⅲ.①幻想小说—小说集—中国—当代 Ⅳ.① I247.7

中国版本图书馆 CIP 数据核字 (2022) 第 061929 号

出 品 人：	王维良
出版发行：	北方联合出版传媒（集团）股份有限公司
	万卷出版有限责任公司
	（地址：沈阳市和平区十一纬路 29 号　邮编：110003）
印 刷 者：	北京欣睿虹彩印刷有限公司
经 销 者：	全国新华书店
幅面尺寸：	145mm×210mm
字　　数：	240 千字
印　　张：	8.625
出版时间：	2022 年 7 月第 1 版
印刷时间：	2022 年 7 月第 1 次印刷
责任编辑：	王　越
责任校对：	张　莹
装帧设计：	平　平
ISBN 978-7-5470-5958-6	
定　　价：	48.00 元
联系电话：	024-23284090
传　　真：	024-23284448

常年法律顾问：王　伟　版权所有　侵权必究　举报电话：024-23284090
如有印装质量问题，请与印刷厂联系。联系电话：010-61529480

目录

001 **太原之恋** / 刘慈欣
IT 怨念

023 **生命之歌** / 王晋康
机器人弟弟的威胁

059 **瘟疫** / 燕垒生
石头也温柔

083 **干杯吧，朋友** / 凌晨
2000 年后重回地球

097 **公交车上的男人** / 阿缺
永失我爱

109 **待我迟暮之年** / 凌晨
永生困境

141 **高塔下的小镇** / 刘维佳
进化的重担

177 **起风之城** / 张冉
让这个世界变得不同

太原之恋 / 刘慈欣

IT 怨念

太原之恋

诅咒1.0诞生于2009年12月8日。

这是金融危机爆发后的第二年。人们本来以为危机已快要结束了，没想到只是开始，所以整个社会陷入焦躁之中，每个人都需要发泄，并积极创造发泄的方式，诅咒的诞生也许与这种氛围有关。诅咒的作者是一个女孩儿，十八岁至二十八岁之间。关于她的信息，后来的IT考古学家能知道的就这么多。诅咒的对象是一个男孩儿，二十岁，他的情况却被记载得很清楚。他叫撒碧，是太原工业大学的大四学生。他和那女孩儿之间发生的事儿没什么特别的，就是少男少女之间每天都在发生的那些事儿，后来有上千个版本，这里面可能有一个版本是真实的，但人们不知道是哪一个。反正他们之间的事情结束后，那女孩儿对那男孩儿是恨透了，于是编写了诅咒1.0。

女孩儿是个编程高手，真不知道她是怎样学来这本事的。在这个IT从业者人数急剧膨胀的年代，真正精通系统底层编程的人却并未增加,因为能用的工具太多了,也太方便了,没必要像苦力似的一行行编代码,大部分都可以用工具直接生成。女孩儿要做的编写病毒的活计也是一样,有众多功能强大的黑客工具可用。所谓编写病毒,不过是把几个现成模块组装起来;或更简单,对单个模块修改一下即可。在诅咒之前,大规模流行的最后一个病毒"熊猫烧香"就是这么弄出来的。但这个女孩儿却是从头做起,没有借助任何工具,自己一行一行地写代码,像勤劳的农家女用原始织布机把棉线一根一根地织成布。想到她伏在电脑前咬牙切齿地敲键盘的样子,我们的脑海中不由得浮现出海涅的《西里西亚的纺织工人》中的两句诗:"老德意志,我们在织你的尸布……我们织!我们织!"

诅咒1.0是历史上在传播方面最成功的计算机病毒,它成功的主要原因在两个方面。

首先,诅咒不对被感染电脑进行任何破坏(其实,其他的大部分病毒也没有破坏企图,所造成的破坏是由其低劣的传播或表现技术所致,而诅咒在避免传播中的副作用方面做得很完善)。它的表现也很克制,在大部分被感染的电脑上都没有任何表现,只有当系统条件组合符合某一条件时(大约占总感染数的十分之一),才进行表现,且每台电脑只表现一次。具体的表现方式是在被感染的电脑上弹出一条显示:

撒碧去死吧!!!!!!!!!

太原之恋

如果点击这个显示,就会出现关于撒碧更进一步的信息,告诉你这个被诅咒者住在中国山西省太原市太原工业大学××系××专业××班××宿舍楼××寝室。如果不点击,这个显示将在三秒内消失,且永不在这台电脑上重新出现,因为被记忆的有硬件信息,所以即使重装系统后也一样。

诅咒 1.0 成功传播的第二个原因在于系统拟态技术,这倒不是女孩儿的发明,但这项技术被她熟练地用到了极致。系统拟态,就是把病毒代码的很多部分做成与系统代码相同,且采用与系统进程类似的行为方式。杀毒软件在杀灭该病毒时,极有可能把系统也破坏掉,最后不得不投鼠忌器。其实,瑞星、诺顿等都曾盯上诅咒 1.0,但后来惹上了越来越多的麻烦,甚至产生了比诺顿在 2007 年误删 Windows XP 系统文件更恶劣的后果,加上诅咒 1.0 在传播中没出现任何破坏行为,且所占系统资源也微不足道,就先后把它从病毒特征库中删掉了。

诅咒诞生之日,正是写科幻的刘慈欣第二百六十四次因公来太原之时。尽管这是他最讨厌的一座城市,但每次来他都要逛街。不过,他所谓"逛街"就是到柳巷的一家小店去为他那老掉牙的 ZIPPO 打火机买一瓶专用汽油,这是目前极少数不能从淘宝或易趣邮购的东西。前两天刚下过雪,像每次下雪一样,这时的雪被碾成了黑乎乎的冰。他摔了一跤,屁股的疼让他忘了在进火车站时把那一小瓶汽油从旅行包中拿出来装进衣袋,结果过安检时被查了出来，没收后又罚款两百元。

他更讨厌这座城市了。

诅咒1.0流传下去。五年，十年，它仍然在日益扩展的网络世界静悄悄地繁衍生息。

这期间，金融危机过去了，繁荣再次到来。随着石油资源的渐渐枯竭，煤炭在世界能源中的比重迅速增加，地下黑金为山西带来滚滚财源，使其成为亚洲的阿拉伯，省会太原自然也就成了新的迪拜。迎泽大街两旁的超高建筑群丝毫不逊于上海浦东，这条除长安街外全国最宽直的大街成了终日难见阳光的深谷。有钱和没钱的人怀着梦想和欲望拥入这座城市，立刻忘记了自己是谁、想要什么，只是跌入繁华喧闹的旋涡中旋转着，一年转三百六十五圈。

这天，第三百九十七次来太原的刘慈欣又到柳巷去买汽油，忽见街上有一位飘逸帅哥，他的长发中那一缕雪白格外引人注目，他就是先写科幻后写奇幻再后来科、奇都写的潘大角。被太原的繁荣所吸引，大角抛弃上海，移居太原。大刘和大角当初分别处于科幻的硬软两头儿，此时相见不亦乐乎。在一家头脑店（头脑是本地的一种传统美食）酒酣耳热之时，刘慈欣眉飞色舞地说出了自己下一步的宏伟创作计划：写一部十卷本三百万字的科幻史诗，描写两百个文明的两千次毁灭和多次因真空衰变而发生的宇宙格式化，最后以整个已知宇宙漏入一个抽水马桶般的超级黑洞

太原之恋

结束。大角很受感染，认为两人有合作的可能：同一个史诗构思，刘慈欣写硬得不能再硬的科幻版，面向男读者；大角写软得不能再软的奇幻版，面向 MM 们。大刘、大角一拍即合，立刻抛弃一切俗务，投身创作。

在诅咒 1.0 十岁生日时，它的末日也快到了。VISTA 以后，微软实在难以找到对操作系统频繁升级的理由，这多少延长了诅咒 1.0 的寿命。但操作系统就像暴发户的老婆，升级总是不可避免的，诅咒 1.0 代码的兼容性越来越差，很快就沉入网络海洋的底部，即将销声匿迹。但正在这时，诞生了一门新的学科：IT 考古学。按说网络世界的历史还不到半个世纪，没什么古可考，但仍然有很多怀旧者热衷此道。IT 考古主要是发掘那些仍活在网络世界某些犄角旮旯的东西。比如，十年来都没有点击过但仍能点开的网页，二十年没有人光顾但仍能注册发帖的 BBS，等等。这些虚拟古董中，来自"远古"的病毒是 IT 考古学家最热衷寻找的，如果能找到一个十多年前诞生的仍在网上活着的病毒，就有在天池中发现恐龙一般的感觉。

诅咒 1.0 被发现了，发现者把病毒的全部代码升级，以适应新的操作系统，这样就能保证它再存活十年。这人并没有张扬，也许这是为了使他（她）所珍爱的这件古董能更顺利地存活下去。这就是诅咒 2.0。人们把十年前诅咒 1.0 的创造者叫"诅咒始祖"，把这个 IT 考古学家叫"诅咒升级者"。

诅咒2.0在网上出现的那一刻，在太原火车站附近的一个垃圾桶旁，大刘和大角正在争抢刚从桶中翻找到的半袋方便面。他们卧薪尝胆五六年，各自写出两部三百万字的十卷本科幻和奇幻史诗，书名分别为《三千体》和《九万州》。两人对这两部巨作充满信心，但找不到出版商，于是一起变卖了包括房子在内的全部家产并预支了所有退休金自费出版。最后，《三千体》和《九万州》的销量分别是十五本和二十七本，总数四十二———科幻迷都知道这是个吉利的数字。在太原举行了同样是自费的隆重签售仪式后，两人就开始了流浪生涯。

太原是一座最适合流浪的城市。在这座穷奢极欲的大都市里，垃圾桶里的食品是取之不尽的，最次也能找到几粒被丢弃的"工作丸"。住的地方也问题不大。太原模仿迪拜，在每一个公交候车亭里都装上了冷暖空调。如果暂时厌倦街头，还可以去救助站待几天，那里有吃有住。在城市各阶层幸福指数调查中，盲流乞丐位列榜首，所以大刘和大角都后悔没有早些投入这种生活。

两人最惬意的时候是《科幻大王》（SFK）编辑部每周一次的请客，一般都是去唐都那样的高级酒店。太原的《科幻大王》杂志深得科幻精髓，知道这种文学体裁的灵魂就是神奇感和疏离感，而现在的高科技幻想已经没有这种感觉了。技术奇迹是最平淡不过的事儿，每天都在发生，倒是低技术具有神奇感和疏离感。于是，他们创立了幻想未来低技术时代的"反浪潮"科幻，取得了巨大成功，迎来了世界科幻的第二个黄金时代。为了彰显"反浪潮"科幻的理念，《科幻大王》编辑部拒绝一切电脑和网络，只接收手写稿件，用铅字排版印刷，还用每匹相当于一辆宝马车的价格买回几十匹蒙古马，在编辑部旁建设豪华马厩，杂志社人员出行一律骑着绝对没有上网的骏马。城市某处如果听到嘚嘚的清脆马蹄声，那就是 SFK 的人来了。他们常请大刘和大角吃饭，除了因为他们以前写过科幻外，还因为虽然他们现在写的科幻已经很不科幻了，但他们本人所遵循"反浪潮"科幻的理念却是十分科幻——他们上不起网，也很低技术。

SFK 的编辑、大刘和大角都不知道，他们的这个共同特点将会救他们的命。

诅咒 2.0 又流传了七年。这时，一个后来被称为"诅咒武装者"的女人发现了它。她仔细研究了诅咒 2.0 的代码，尽管经过升级，她仍能感受到十七年前诅咒始祖的仇恨和怨念。她与始祖有着相同的经历，也处于每天刻骨憎恨某个男人的阶段，但她觉得那个十七年前的女孩儿既可怜又可笑：这么做有何意义？真能动那个臭男人一根汗毛吗？这就像百年前的怨女在写了名字的小布人儿上扎针的愚蠢游戏一样，解决不了任何问题，结果只是使自己更郁闷。还是让姐姐来帮帮你吧（正常情况下，诅咒始祖应该活着，但诅咒武装者肯定要叫她阿姨了）。

十七年后的今天已经完全是一个新时代了，这时，世界上的一切都"落网"了。这么说是因为，在十七年前，网络上的东西只有电脑。但今天的网络就像一棵超级圣诞树，几乎这世界上的所有东西都挂在上面闪闪发光。以家庭为例，家里所有通电的东西都联上了网并受其控制，甚至连指甲刀和开瓶器也不例外：前者可通过剪下来的指甲判断你是否缺钙，并通过短信或 E-mail 告知；后者可判断酒是否为真品并发送中奖通知，而过度酗酒者间隔很长时间才能用它开一次瓶。在这种情况下，通过诅咒病毒直接操纵硬件世界就成为可能。

诅咒武装者给诅咒 2.0 增加了一个功能：如果撒碧坐出租车，就撞死他！

其实对于这个时代的一名人工智能（A.I.）编程高手来说，这一点并不难做到。现在的汽车已经全部无人驾驶，网络就是驾驶员，乘客上出租车时要刷卡，新的诅咒可通过信用卡识别乘客的身份。只要目标上了车并被识别，杀他的方法数不胜数，最简单的就是径直撞向路边的建筑物，或从桥上开下去。但诅咒武装者想了想，并不愿简单地撞死撒碧，而是为他选择了一个更为浪漫的死法，完全配得上他对十七年前的那个妹妹做的事（其实诅咒武装者和别人一样，根本不知道撒碧对始祖做错了什么，也可能错根本不在这男孩儿）。经她升级的诅咒在得知目标上车后，根本不理会他设定的目的地，而是指挥出租车一路狂开，从太原一直开到张家口。现在，从那里再向前已经是一片沙漠了，车就停在

太原之恋

沙漠深处，并切断与外界的一切通信联系（这时，诅咒已经侵入车内电脑，不需要网络了）。这辆出租车被发现的可能性很小。如果偶尔有人或车靠近，它就会立刻躲到沙漠的另一处。无论过去多长时间，车门从内部是绝对打不开的。这样，如果在冬天，撒碧将被冻死；如果在夏天，撒碧将被热死；如果在春秋，撒碧将被渴死、饿死。

就这样，诅咒 3.0 诞生了，这是真正的诅咒。

诅咒武装者是一名 A.I. 艺术家，这也是一族新新人类，他们喜欢通过操纵网络做出一些没有实际意义但具有美感（当然，这个时代的美感与十几年前不是一回事了）的行为艺术。比如，让全城的汽车同时鸣笛并奏出某种旋律，让大酒店的亮灯窗口组成某个图形，等等。诅咒 3.0 就是一件这样的作品，不管能否实现其功能，它本身就是一件卓越的艺术品，因而在 2026 年上海现代艺术双年展上得到了好评。虽然因其人身伤害内容被警方宣布为非法，但它仍在网上进一步流传开来，众多的 A.I. 艺术家加入了对这一作品的集体创作，诅咒 3.0 飞快进化，越来越多的功能被添加进来：

如果撒碧在家，煤气熏死他！这也比较容易，因为每家的厨房都由网络控制，这样户主就可以在外面遥控厨房做饭，这当然包括打开煤气的功能，而诅咒 3.0 可以使房间里的有害气体报警器失效。

如果撒碧在家，放火烧死他！很容易，包括煤气在内，家里有很多可以点燃的东西，如摩丝、发胶什么的，都联在网上（可通过网络由专业发型师做头发），烟火报警器和灭火器当然也可以失效。

如果撒碧洗澡，放开水烫死他！如上，很容易。

如果撒碧去医院看病，开药毒死他！这个稍有些复杂。给目标开特定的药是很容易的，因为现在医院的药房全部是自动取药，且药库系统都联网，关键是药品的包装问题，撒碧不是傻子，要让他拿到药后愿意吃才行，而要做到这一点，诅咒3.0就得从制药厂的生产包装和销售环节入手。要让一盒表里不一的药只卖给目标，真的有些复杂，但能做到，而且对于A.I.艺术来说，越复杂，作品的观赏价值就越高。

如果撒碧坐飞机，摔死他！这不容易，比出租车操作难多了，因为被诅咒的只有撒碧一人，诅咒3.0不能杀死其他人，而撒碧大概没有专机，所以摔死他是不可能的。但可以这样：目标所乘的飞机突然在高空舱内失压（用开舱门或别的什么办法），在所有乘客都戴上的氧气面罩中，只有撒碧的面罩没有氧气。

如果撒碧吃饭，噎死他！这个看似荒唐，其实十分简单。现代社会的超快节奏催生了超快餐食品，就是一粒小小的药丸，名叫"工作丸"。工作丸密度很大，拿在手中沉甸甸的，像一颗子弹头，服下去后会在胃中膨化，类似于以前的压缩饼干。在生产过

| 太原之恋

程中,工作丸的膨化速度是可以控制的。诅咒 3.0 可以用与生产毒药类似的方式在生产过程中做手脚,生产出一粒超快速膨化的工作丸,再控制销售过程,专卖给撒碧。他在进工作餐时,喝水把工作丸送下去,结果小丸在嗓子眼里膨化。

……

但诅咒 3.0 从来没有找到目标,也没有杀死过任何人。早在诅咒 1.0 诞生时,撒碧受到了不小的骚扰,还有媒体记者因此采访过他,使他不得不改了名,甚至连姓也改了。姓撒的人本来就很少,加上其谐音不雅,所以在这座城市里面没有重名。同时,病毒中记录的撒碧的工作单位和住址仍是他十几年前所上的大学,使得定位他更加不可能。诅咒也曾试图进入公安厅电脑追溯目标的改名记录,但没有成功。所以在诅咒 3.0 诞生以后的四年中,它仍然只是一件 A.I. 艺术品。

但诅咒通配者出现了,他们是大刘和大角。

通配符是一个古老的概念,源自导师时代(这是对操作系统的上古时代——DOS 操作系统时代的称呼)。最常见的通配符有"*"和"?"两种,用于泛指字符串中的一切字符。其中"?"指代单一字串,"*"指代的字符数量不限,也最常用。比如,"刘 *",指姓刘的所有人;"山西 *",指以山西打头的所有字串。而如果只有一个"*",指代的则是一切。所以在导师时代,"del *.*"是一个邪恶的命令(del 是删除命令,而 DOS 系统下的文件全名分为文件名和扩展名两部分，用"."隔开）。在以后的操作系统演进中，通配符功能一直存在。只是系统进入图形界面后，人们很少使用命令进行操作，一般人就渐渐把它淡忘了。但在包括诅咒 3.0 在内的各种软件中，它是可用的。

这天是中秋节，但明月在太原城的璀璨灯火中像个脏兮兮的烧饼。大刘、大角在五一广场的一条长椅子上坐下来，摆开他们下午从垃圾桶中翻出的五个半瓶酒、两袋半平遥牛肉、几乎一整袋晋祠驴肉和三粒工作丸，准备庆祝一番。天刚黑的时候，大刘还从一个垃圾桶中翻出一台破笔记本电脑。他声称自己能把它修好，否则这辈子的计算机工作就算是白干了。他蹲在长椅旁紧张地鼓捣起来，同时和大角意犹未尽地回味着下午救助站的援助。大刘热情地请大角把三粒工作丸都吃了，这样可为自己省下不少酒肉。但大角并不上当，一粒也没吃，只是喝酒吃肉。

电脑很快能用了，屏幕发出幽幽的蓝光。大角发现无线上网功能竟然也恢复了，就立刻抢过电脑，先上 QQ——他的号已经不能用了——再查找九州网站、天空之城、豆瓣、水木清华、大江东去……但那些链接都早已失效。大角最后扔下电脑，长叹一声："唉——昔人已乘黄鹤去。"

大刘拿过半瓶酒喝了起来。他看了看屏幕："此地连黄鹤楼也没留下。"

随后，大刘便细细查看电脑中的东西，发现里面安装了大量

太原之恋

黑客工具和病毒样本,这可能是一台黑客的本本,也许是在逃避A.I.警察的追捕时匆忙扔到垃圾桶中的。他顺手打开桌面上的一个文件,是一个已经反编译出来的C程序。他认出了,这正是诅咒3.0!他随意翻阅着代码,回忆着自己编写"电子诗人"的时光。酒劲儿上来时,他翻到了目标识别参数那部分。

大角在一边喋喋不休地回忆着当年峥嵘的科幻岁月,大刘很快也受到感染,推开本本,一同回忆起来。想当年,自己那上帝视角的充满阳刚之气的毁灭史诗曾引起多少男人的共鸣啊,曾让他们中的多少人心中充满万丈豪情!可现在,十五本,仅仅卖出十五本!他又灌下去一大口。那还是一瓶老白汾,这酒的味道在这个年代已经面目全非,有点儿像威士忌了,但酒精度一点儿没减。他开始恨男读者,进而恨所有的男人。他两眼直勾勾地看着屏幕上诅咒3.0的目标参数,说:"显跩的圆润木妖怪……胡东奇(现在的男人没一个好东西)。"顺手把姓名由"撒碧"换成"*",工作单位和住址也由"太原工业大学,××系,××专业,××宿舍楼,××寝室"换成了"*,*,*,*,*",只有性别参数仍为"男"。

大角也处于一把鼻涕一把泪的感慨中。想当初,自己那色彩绚烂、意境悠远的美文如诗如梦,曾经迷倒多少女性,连自己也成为她们的偶像。可现在,看看旁边经过的那些妙龄女性,居然没一个人朝自己这边看一眼,太让人失落了!他扔出一个空酒瓶,喃喃道:"圆润木素胡东奇,雨润豆素?(男人不是好东西,女人就是?)"说着,把目标参数中的性别由"男"改成"女"。

大刘不干了,觉得这没女人什么事,自己那些粗陋的小说从来也不指望获得女读者的青睐,就又把性别参数改回"男"。大角再改成"女"。两人为惩罚自己那忘恩负义的读者群争执起来,太原也在成为寡妇城市和光棍城市的可能性之间摇摆不定。大刘、大角最后干脆抡起酒瓶打了起来,直到一名巡警制止了他们。两人摸着脑袋上的鼓包,达成了妥协,把目标的性别参数改成"*",完成了诅咒3.0的通配。也许是因为打架的干扰,或由于已经烂醉,他们谁也没动"太原市""山西省""中国"这三个参数。这样,诅咒4.0诞生了。

太原被诅咒了。

新版诅咒诞生之际,立刻意识到了自己肩负的宏伟使命。由于这个目标太宏大了,诅咒4.0没有立刻行动,而是留下足够的时间让自己充分繁殖,以达到操作所需的足够数量,同时互相联系,慢慢形成一个统一行动的整体。行动的总原则是:对诅咒目标的清除首先从软操作开始,然后过渡到硬操作,并逐步升级。

十小时后,晨曦初露时,操作开始。

软操作主要针对敏感的、神经脆弱的和冲动型的目标,特别是那些患有抑郁症和狂躁症的男女。在这个心理病和心理咨询泛滥的时代,诅咒4.0很容易找到这类人。在第一批操作中,三万名

太原之恋

刚从医院完成检查的人被告知患有肝癌、胃癌、肺癌、脑癌、肠癌、淋巴癌、白血病,最多的是食道癌(本地区高发癌症),另有两万名刚验过血的人被告知 HIV 阳性。这些诊断并非简单伪造出来的,而是由诅咒 4.0 直接操纵 B 超、CT、核磁共振仪、血液化验仪等医疗检查设备得出的"真实"结果。即使去不同医院复查,结果也一样。这五万人中,大部分都选择了治疗,但有四百多人本来就活腻歪了,得知诊断结果后立刻一了百了,之后还陆续有做此选择的。随后,五万名敏感的、抑郁的或狂躁的男女都接到了配偶或情人的电话。男人听到他们的女人说:你看你那个熊样什么本事没有你还像个男人吗我已经和××好了我们很和谐很幸福你去死吧。男人对他们的女人说:你已人老珠黄其实你当初就是恐龙我瞎了眼怎么看上你的现在我和××在一起我们很和谐很幸福你去死吧。诅咒 4.0 编造的情敌大都是目标本来就最讨厌的人。这五万人中,大部分都通过直接找对方质问而消除了误会,但也有约百分之一的人选择了他杀和自杀,其中一部分把两种同时做了。还有另外一些软操作。比如,在已经势不两立、剑拔弩张的几大黑帮之间挑起大规模械斗,或把被判无期或有期徒刑的罪犯的判决书改成死刑并立即执行,等等。但总的来说,软操作效率很低,总共清除的目标只有几千人。不过诅咒 4.0 摆平了心态,知道大事情是从一点一滴做起的,不以恶小而不为,所有的手段一定要都试到。

在软操作中，诅咒4.0清除了自己最初的创造者。在创造诅咒后的岁月中，诅咒始祖一直对男人倍加提防，二十年来一直用最现代化的手段监视老公，几乎成了谍报专家。但她突然接到一向安分守己的老公的电话，致使心脏病突发，送医院后又被输入进一步加剧心肌梗死的药物，死于自己的诅咒下。

五天后，硬操作开始了。之前的软操作在城市中引发的超常的自杀和他杀率已经引起了高度恐慌，诅咒4.0急需避免被政府发现，所以硬操作的第一阶段进行得很隐蔽。首先，吃错药的病人数量急剧增加，这些药的包装都正常，但大部分人只吃一剂便致命。同时，吃饭噎死的人也大量出现，都是工作丸在嗓子眼儿膨化所致；还有少部分是撑死的，因为工作丸的压缩密度大大超标，那些食客掂着沉甸甸的小丸，还以为物超所值呢。

第一次大规模清除操作针对自来水系统展开。即使对于一切都受控于网络人工智能的城市，把氰化物或芥子气加入自来水也是不可能的，所以诅咒4.0选择了两种无害的转基因细菌，它们混合后能产生毒性。这两种细菌并不是同时加入到自来水系统中的，而是先加一种，待其基本排净后再加第二种。两种物质的混合其实是在人体内进行的，后一种细菌与残留在胃和血液中的前一种发生作用，生成毒性。如果这时仍不致命，那目标去医院取到的药物再与体内已有的两种细菌发生反应，依然可以做完最后的事。

这时，省公安厅和国家A.I.安全部已经定位了灾难的来源，

太原之恋

针对诅咒 4.0 的专杀工具正在紧急研发中。于是，诅咒操作急剧加速和升级，由隐藏的暗流变为惊天动地的噩梦。

这天早晨的交通高峰时段，从城市的地下传来一连串沉闷的爆炸声，这是地铁相撞的声音。太原市的地铁建成较晚，设计时正值城市成为暴发户的时候，所以十分先进，磁悬浮在真空隧道中运行，以高速闻名，被称为"准时空门"，意思是从起点进去后很快就能从终点走出。因此它们的相撞也格外惨烈，地面因爆炸而隆起一座座冒出浓烟的小山包，像城市突然长出的恶疮。

这时，城市中的大部分汽车已被诅咒控制，成为进行诅咒操作最有力的工具。一时间，全城上百万辆汽车像做布朗运动的分子那样横冲直撞。但这种撞击并非杂乱无章，而是遵循着经过严密优化计算的规律和顺序，每辆车首先尽可能多地清除车外行走的目标。所以在混乱的初期，发生撞击的车辆并不多，每辆车都在追逐并冲撞行人。车与车之间密切配合，对行人围追堵截，并在空地和广场上形成包围圈，最大的包围圈在五一广场，几千辆汽车围成一圈向中心撞击，一下子就清除了上万个目标。当外面的行人几乎都被清除或躲入建筑物后，汽车开始撞向附近的建筑物，以清除车内的目标。这种撞击同样是经过精密组织的。对于人口密集的大型建筑物，车辆会集中撞击，后面冲来的车会蹿到前面已撞毁的车上面，就这样一层层堆起来。在市里最高建筑——三百层的煤交会大厦下面，车辆堆到十多层楼高，疯狂燃烧着，像是誓要火化大厦的一圈柴堆。在大撞击的前夜，市里出现出租车集体排长队加油的奇观，所以撞击时它们的油箱都是满的。与此同时，从城市两个机场强行起飞的上百架民航飞机也纷纷在市区坠毁，像一堆巨型燃烧弹，加剧了火势。

政府发出紧急通告，宣布城市处于危机状态，呼吁人们待在家中。这个决定最初看来是正确的，因为与大型建筑相比，居民楼遭到的袭击并不严重，这是因为居民区的道路显然不像城市主要街道那么宽敞，大撞击开始后不久就堵塞了。但很快，诅咒4.0把每户人家都变成死亡陷阱——煤气和液化气全部开放，达到爆燃浓度后即点火引爆。一座座居民楼在爆炸中被火焰吞没，有的建筑甚至被整座炸飞。

政府的下一步措施是全城断电，但这时城市中已经没电了，诅咒4.0失去了作用，但它已经成功了。

整座城市陷入一片火海，火势迅速增大，其猛烈程度甚至产生了二战时期德累斯顿大轰炸的效应：城内的氧气被火焰耗尽，人即使逃离火区也难逃一死。

由于很少接触上网的东西，同其他哥们儿一样，大刘和大角逃过了诅咒最初的操作。在后期操作开始后，他们凭着在城市中长期步行练就的技巧，以与其高龄不相称的灵活躲过了多次汽车冲撞，又凭着对市区道路的熟悉，在大火初期幸存下来。但情况很快变得愈加险恶。整座城市变成火海时，他们正在还算宽阔的

太原之恋

大营盘十字路口中心。窒息的热浪开始笼罩一切，周围高层建筑中的火焰像巨型蜥蜴的长舌般舔舐过来。描写过无数次宇宙毁灭的大刘惊慌失措，而作品充满人文主义温情的大角却镇定自若。

大角拂须环视着周围的火海，用悠长的语调说："早知毁灭如此壮观，当初何不写之？"

大刘两腿一软，坐到地上，"早知毁灭这么恐怖，当初写它真是吃饱撑的！唉，俺这个乌鸦嘴，这下可好……"

最后他们达成了一致见解：只有牵涉到自个儿的毁灭才是最刺激的毁灭。

这时，他们听到一个银铃般的声音，像火海中的一块晶冰："刘和角，快走！"循声望去，只见两匹快马如精灵般蹿出火海，马上是SFK编辑部最漂亮的两个长发MM，她们把大刘、大角拉上马背，骏马在火海的间隙中闪电般穿行，飞越过一排排燃烧的汽车残骸。不一会儿，眼前豁然开阔，马已奔上汾河大桥。大刘和大角深吸着清凉的空气，抱着MM的纤腰，脸上感受着她们长发的轻拂，觉得这逃生之路真是太短了。

过了桥就基本进入安全地带，他们很快和SFK编辑部的其他人会合，骑上高头大马。这威武的马队向晋祠方向开去，吸引着路边步行逃生者艳羡的目光。大刘、大角和SFK的编辑都看到，幸存者的队伍中还有一个骑自行车的人。之所以注意到他，是因为这年代自行车也都由网络控制，诅咒早就把所有的自行车完锁死了。骑车的是一个上了年纪的男人，他是撒碧。

由于早年被诅咒病毒骚扰，撒碧对网络产生了本能的恐惧和厌恶，在生活中尽可能地减少与网络的接触。比如，他骑的自行车就是一辆二十年前的老古董。他住的地方在汾河岸边，靠近城市边缘。在大撞击开始时，他就骑着这辆绝对没有联网的自行车逃了出来。其实，撒碧是这个时代少有的知足者，对自己艳遇不断的一生很满足，就算这时死了也毫无怨言。

马队和撒碧最后上了山，大家站在山顶呆呆地看着下面燃烧的城市。狂风呼啸，掠过周围的群山，从四面八方刮向中心的太原盆地，补充那里因热力而上升的空气。

距他们不远处，省政府和市政府的主要成员正在走下载着他们逃离火海的直升机。市长的口袋里还装着一份发言稿，那是为即将到来的城庆日准备的发言。确定太原城的诞生日期颇费了番周折，专家称，公元前497年，古晋阳城出世，历经春秋、战国至唐、五代等十数个朝代，太原一直是中国北方的军事重镇。从公元979年赵宋毁太原，新兴的太原又先后在宋、金、元、明、清等数朝中崛起，它不仅是军事重镇，而且发展成为著名的文化古城和商业都会。于是，政府提出了城庆口号：热烈庆祝太原建市两千五百年！现在，历经了二十五个世纪的城市正在火海中化为灰烬。

这时，官员们携带的军用电台终于接通了中央，得知救援大

太原之恋

军正在从全国四面八方赶来。但通信很快又中断了,只听到一片干扰声。一小时后接到报告,救援队伍已停止前进,空中的救援机群也已转向或返回。

省 A.I. 安全局的一名负责人打开笔记本电脑,上面显示着最新编译的诅咒 5.0 的代码。在目标参数中,"太原市""山西省""中国"已被换成了"*""*""*"。

生命之歌 /王晋康

机器人弟弟的威胁

太原之恋

孔宪云晚上回到寓所时看到了丈夫从中国发来的传真。她脱下外衣,踢掉高跟鞋,扯掉传真躺到沙发上。

孔宪云是一个身材娇小的职业妇女,动作轻盈,笑容温婉,额头和眼角已刻上45年岁月的痕迹。她是以访问学者的身份来伦敦的,离家已一年了。

云:

  研究已取得突破,验证还未结束,但成功已经无疑……

孔宪云简直不敢相信自己的眼睛。虽然她早已不是容易冲动的少女,但一时间仍激动得难以自制。那项研究是二十年来压在丈夫心头的沉重梦魇,并演变成了他唯一的生存目的。一年前,她离家来伦敦时,那项研究依然处于山穷水尽的地步。她做梦也想不到能有如此神速的进展。

其实我对成功已经绝望，我一直用紧张的研究来折磨自己，只不过想做一个体面的失败者。但是两个月前，我在岳父的实验室里偶然发现了十几页发黄的手稿，它对我的意义不亚于罗赛塔石碑，使我二十年盲目搜索到又随之抛弃的珠子一下子穿在了一起。

我不知道是否该把这些告诉你父亲。他在距胜利只有一步之遥的地方突然停步，承认了失败，这实在是一个科学家最惨痛的悲剧。

往下读传真时，宪云的眉头逐渐紧蹙，信中并无胜利的欢快，字里行间反倒透着阴郁，她想不通这是为什么。

但我总摆脱不掉一个奇怪的感觉，我似乎一直生活在这位失败者的阴影下，即使今天也是如此。我不愿永远这样，不管这次研究成功与否，我不打算屈从于他的命令。

爱你的哲

9 · 6 · 2253

孔宪云放下传真走到窗前，遥望东方幽暗而深邃的夜空，感触万千,喜忧参半。二十年前她向父母宣布,她要嫁给一个韩国人,母亲高兴地接受了,父亲则冷淡地表示反对。反对理由却是极古怪的,令人啼笑皆非:

"你能不能和他长相厮守?你是在五千年中华文明的浸润中长大的,他却属于一个咄咄逼人的暴发户。"

虽然长大后,宪云已逐渐习惯了父亲乖戾的性格,但这次她还是瞠目良久,才弄懂父亲并不是开玩笑。她讥讽地说:"对,算起来我还是孔夫子的百代玄孙呢。不过我并不是代大汉天子下嫁番邦的公主,朴重哲也无意做大韩民族的使节,我想民族性的差异不会影响两个小人物的结合吧。"

父亲拂袖而去。母亲安慰她:"不要和怪老头一般见识。云云,你要学会理解父亲。"母亲苦涩地说,"你父亲年轻时才华横溢,被公认为生物学界最有希望的栋梁,但他几十年一事无成,心中很苦啊。直到现在,我还认为他是一个杰出的天才,可是并不是每一个天才都能成功。你父亲陷进 DNA 的泥沼,耗尽了才气,而且……"母亲的表情十分悲凉,"这些年你父亲实际上已放弃努力,他已经向命运屈服了。"

这些情况宪云早就了解。她知道父亲为了 DNA 研究,33 岁才结婚,如今已是白发如雪。不断的失败扭曲了他的性格,他变得古怪易怒——而在从前,他是一个多么可亲可敬的父亲啊。宪云后悔不该顶撞父亲。

母亲忧心忡忡地问:"听说朴重哲也是搞 DNA 研究的?云儿,恐怕你也要做好受苦受难的准备。"

"算了,不说这些了,"母亲果决地一挥手,"明天把重哲领来让爸妈见见。"

第二天孔宪云把朴重哲领到家里,母亲热情地张罗着,父亲端坐不动,冷冷地盯着这名韩国青年,重哲则以自信的微笑对抗着这种压力。那年,重哲 28 岁,英姿飒爽,倜傥不群。孔宪云不得不承认父亲的确有某些言中之处,才华横溢的重哲的确过于锋芒毕露,咄咄逼人。

母亲老练地主持着这场家庭晚会,笑着问重哲:"听说你是研究生物的,具体是搞哪个领域?"

"遗传学,主要是行为遗传学。"

"什么是行为遗传学?给我启启蒙——要尽量浅显啊。不要以为遗传学家的老伴儿就必然是近墨者黑,他搞他的生物 DNA,我教我的音乐哆来咪,我们是井水不犯河水,互不干涉内政。"

宪云和重哲都笑了。重哲斟酌着字句,简洁地说:

"生物繁衍后代时,除了生物形体有遗传性外,生物行为也有遗传性。即使幼体生下来就与父母群体隔绝,它仍能保存这个种族的本能。像人类婴儿生下来会哭会吃奶,小海龟会扑向大海,昆虫会避光或赴死等。有一个典型的例证:欧洲有一种旅鼠,在成年后便成群结队地奔向大海,这种奇怪的行为曾使动物学家们迷惑不解。后来考证出它们投海的地方原来与陆路相连。毫无疑问，这种迁徙肯定曾有利于鼠群的繁衍，并演化成可以遗传的行为程式，现在虽已时过境迁，但冥冥中的本能仍顽强地保持着，甚至战胜了对死亡的恐惧。行为遗传学就是研究这些本能与遗传密码的对应关系。"

母亲看看父亲，又问道：

"生物形体的遗传是由 DNA 决定的，像腺嘌呤、鸟嘌呤、胸腺嘧啶、胞嘧啶与各种氨基酸的转化关系啦，红白豌豆花的交叉遗传啦，这些都好理解。怎么样，我从你父亲那儿还偷学到一些知识吧！"她笑着对女儿说，"可是，要说无质无形、虚无缥缈的生物行为也是由 DNA 来决定，我总是难以理解。"

重哲微笑着说："生物的本能是生而有之的，而能够穿透神秘的生死之界来传递上一代信息的介质，仅有生殖细胞。所以毫无疑问，动物行为的指令只可能存在于 DNA 的结构中，这是一个简单的筛选法问题。"

一直沉默着的父亲似乎不想再听这些启蒙课程，开口问："你最近的研究方向是什么？"

重哲昂起头："我不想搞那些鸡零狗碎的课题，我想破译宇宙中最神秘的生命之咒。"

"嗯？"

"一切生物，无论是病毒、苔藓还是人类，其最高本能是它的生存欲望，即保存自身、延续后代，其他欲望如食欲、性欲、求知欲、占有欲，都是由它派生出来的。有了它，母狼会为了狼崽同猎人拼命，老蝎子心甘情愿做小蝎子的食粮，泥炭层中沉睡数千年的古莲子仍顽强地活着，庞贝城的妇人在火山爆发时用身体为孩子争得最后的空间。这是最悲壮最灿烂的自然之歌，我要破译它。"他目光炯炯地说。

宪云看见父亲眸子里陡然亮光一闪，变得十分锋利，不过很快就隐去了。他仅冷冷地撂下一句：

"谈何容易。"

重哲扭头对宪云和母亲笑笑，自信地说："从目前遗传学发展水平来看，破译它的可能至少不是海市蜃楼了。这条无所不在的咒语控制着世界万物，显得神秘莫测。不过，反过来说，从亿万种遗传密码中寻找一种共性，反而是比较容易的。"

父亲涩声说："已有不少科学家在这个堡垒前铩羽而归。"

重哲淡然一笑："那些西方科学家太偏爱把行为遗传指令同单一DNA密码建立精确的对应。我认为这是一条死胡同。生命之咒的秘密很可能存在于DNA结构的次级序列中，是隐藏在一首长歌中的主旋律。"

谈话进行到这里，宪云和母亲只有旁听的份儿了。父亲冷淡地盯着重哲，久久未言，朴重哲坦然自若地与他对视着。宪云担心地看着两人。这时，小元元忽然笑嘻嘻地闯进来，打破了屋内

的沉寂。他满身脏污,抱着家养的白猫小佳佳,白猫在他怀里不安地挣扎着。妈妈笑着介绍:

"小元元,这是你朴哥哥。"

小元元放下白猫,用脏兮兮的小手亲热地握住朴重哲的手。妈妈有意夸奖这个有智力缺陷的儿子:"小元元很聪明呢,不管是下棋还是解数学题,在全家都是冠军。重哲,听说你的围棋棋艺还不错,赶明儿和小元元杀一场。"

小元元骄傲地昂起头,鼻翼翕动着,那是他得意时的表情。朴重哲目光锐利地打量着这个圆脑袋的小个儿机器人,他外表酷似真人,行为举止带着5岁孩童的娇憨。不过宪云透露过,小元元实际已17岁了。

朴重哲故意问道:"他的心智只有5岁孩童的水平?"

宪云偷偷看看爸妈,微微摇摇头,心里埋怨重哲说话太无顾忌。朴重哲毫不理会她的暗示,斩钉截铁地说:"没有生存欲望的机器人永远也成不了人。"

元元懵懵懂懂地听着大人谈论自己,转着脑袋,看看这个,再看看那个。虽然宪云不是学生物的,但她敏锐地感觉到重哲这个结论的分量。她看看父亲,父亲一言不发,转身走了。

孔宪云心中忐忑,跟到父亲书房,父亲默然良久,冷声道:

"我不喜欢这个人,太狂!"

宪云很失望,心里斟酌着,打算尽量委婉地表明自己的意见。

忽然听见父亲说:"问问他,愿不愿意到我的研究所工作。"

宪云愕然良久,咯咯地笑起来。她快活地吻了父亲,飞快地跑回客厅,把好消息告诉母亲和重哲。重哲当即答应:"我很愿意到伯父这儿工作。我拜读过伯父年轻时的一些文章,很钦佩他清晰的思路和敏锐的直觉。"

他的表情道出了未尽之意:对一个失败英雄的怜悯。宪云心中不免有些芥蒂,这种怜悯刺伤了她对父亲的崇敬。但她无可奈何,因为他说的正是家人不愿道出的真情。

婚后,朴重哲来到孔昭仁生物研究所,开始了他的马拉松研究。研究举步维艰。父亲把所有资料和实验室全部交给女婿,正式归隐。对女婿的工作情况,从此不闻不问。

传真机又响了起来,送出另一份传真。

云姐姐:

你好吗?已经一年没见你了,我很想你。

这几天爸爸和朴哥哥老是吵架,虽然声音不大,可是吵得很凶。朴哥哥在教我变聪明,爸爸不让。

我很害怕,云姐姐,你快回来吧。

元元

太原之恋

读着这份稚气未脱的信,宪云心中隐隐作痛,更感到莫可名状的担心。略为沉吟后,她用电脑预订了机票——次日早上6点的班机,随后又向剑桥大学的霍金斯教授请了假。

飞机很快穿过云层,脚下是万顷云海,或如蓬松雪团,或如流苏璎珞。少顷,一轮朝阳跃出云海,把万物浸在金黄色的静谧中,宇宙中鼓荡着无声的旋律,显得庄严瑰丽。孔宪云常坐早班机,就是为了观赏壮丽的日出,她觉得自己已融化在这金黄色的阳光里,浑身每个毛孔都与大自然相通。机上乘客不多,大多数人都到后排空位上睡觉去了,宪云独自倚在舷窗前,盯着飞机襟翼在空气中微微抖动,思绪又飞到小元元身上。

元元是爸爸研制的学习型机器人,比她小八岁。元元像婴儿一样头脑空白地来到这个世界,牙牙学语,蹒跚学步,逐步感知世界,建立起"人"的心智系统。爸爸说,他是想通过元元来观察机器人对自然的适应能力及建树自我的能力,观察它与人类"父母"能建立什么样的感情纽带。

元元一出生就生活在孔家。在小宪云的心目中,元元是和她一样的小孩,是她亲亲的小弟弟。当然,他有一些特异之处——不会哭,没有痛觉,跌倒时会发出铿锵的响声,但小宪云认为这是正常中的特殊,就像人类中有左撇子和色盲一样。

小元元是按男孩的形象塑造的。即使在科学昌明的23世纪,那种重男轻女的旧思想仍是无形的咒语，爸妈对孔家这个唯一的男孩十分宠爱。宪云记得爸爸曾兴高采烈地给小元元当马骑；也曾坐在葡萄架下，一条腿上坐着这个小家伙，娓娓讲述古老的神话故事——那时爸爸的性情绝不古怪，这一段金色的童年多么令人怀念啊。小宪云曾为爸妈的偏心愤愤不平，但很快她自己也变成一只母性强烈的小母鸡，时时把元元护在羽翼下。每天放学回家，她会把特地留下的糖果点心一股脑儿倒给弟弟，高兴地欣赏弟弟津津有味的吃相。"好吃吗？""好吃。"——后来宪云才知道元元并没有味觉，吃食物仅是为了获取能量，懂事的元元这样回答是为了让小姐姐高兴，这使她对元元更加疼爱。

小元元十分聪明，无论是数学、下棋、钢琴，姐姐永远不是对手。小宪云曾嫉妒地偷偷找爸爸磨牙："给我换一个机器脑袋吧，行不行？"但在5岁时，元元的智力发展——主要指社会智力的发展——却戛然而止。

在这之后，他的表现就像人们所说的白痴天才，一方面，仍在某些领域保持着过人的聪明，但他的心智始终没超过5岁孩童的水平。他成了父亲失败的象征，成了一个笑柄。爸爸的同事来家走访时，总是装作没看见小元元，小心地隐藏着对爸爸的怜悯。爸爸的性格变化正是从这时开始的。

以后父亲很少到小元元身边。小元元自然感到了这一变化，他想与爸爸亲热时，常常先怯怯地打量着爸爸的表情，如果没有

太原之恋

遭到拒绝,他就会绽开笑脸,高兴得手舞足蹈。这使妈妈和宪云心怀歉疚,把加倍的疼爱倾注到傻头傻脑的元元身上。宪云和重哲婚后一直没有生育,所以她对小元元的疼爱,还掺杂了母子之间的感情。

但是……爸爸真的讨厌元元吗?宪云曾不止一次发现,爸爸长久地透过玻璃窗,悄悄看元元玩耍。他的目光里除了阴郁,还有道不尽的痛楚……那时小宪云觉得,大人真是一种神秘莫测的异类。现在她已长大成人了,还是不能理解父亲的怪异性格。

宪云又想起小元元的信。重哲在教元元变聪明,爸爸为什么不让?他为什么反对重哲公布成果?一直到走下飞机舷梯,她还在疑惑地思索着。

母亲听到门铃声就跑出来,拥抱着女儿,问:"路上顺利吗?时差疲劳还没消除吧,快洗个热水澡,好好睡一觉。"

女儿笑道:"没关系的,我已经习惯了。爸爸呢,那古怪老头呢?"

"到协和医院去了,是科学院的例行体检。不过,最近他的心脏确实有些小毛病。"

宪云关切地问:"怎么了?"

"轻微的心室纤颤,问题不大。"

"小元元呢?"

"在实验室里，重哲最近一直在为他开发智力。"

妈妈的目光暗淡下来——她们已触碰到一个不愿触及的话题。宪云小心地问："翁婿吵架了？"

妈妈苦笑着说："嗯，已经有一个多月了。"

"到底是为什么？是不是反对重哲发表成果？我不信，这毫无道理嘛。"

妈妈摇摇头："不清楚。这是一次纯男人的吵架，他们瞒着我，连重哲也不对我说实话。"妈妈的语气中带着几丝幽怨。

宪云勉强笑着说："好，我这就去审个明白，看他敢不敢瞒我。"

透过实验室的全景观察窗，她看到重哲正在忙碌，小元元的胸腔被打开了，重哲似乎在调试和输入什么。小元元仍是那个憨模样，圆脑袋，大额头，一双眼珠乌黑发亮。他笑嘻嘻地用小手在重哲的胸膛上摸索，大概他认为重哲的胸膛也是可以开合的。

宪云不想打扰丈夫的工作，靠在观察窗上，陷入沉思。爸爸为什么反对公布成果？是对成功尚无把握？不会。重哲早已不是二十年前那个目空一切的年轻人了。这项研究实实在在是一场不会苏醒的噩梦，是无尽的酷刑，他建立的理论多少次接近成功，又突然倒塌。所以，重哲既然能心境沉稳地宣布胜利，那就是绝无异议的——但为什么父亲反对公布？他难道不知道这对重哲来说

太原之恋

是何等残酷和不公？莫非……一种念头悄悄涌上心头，莫非是失败者的嫉妒？

宪云不愿相信这一点，她了解父亲的人品。但是，她也提醒自己，作为一个失败者，父亲的性格已经被严重扭曲了。

宪云叹口气，但愿事实并非如此。婚后，她才真正理解了妈妈要她做好受难准备的含义。从某种含义上说，科学家是勇敢的赌徒，他们在绝对黑暗中凭直觉定出前进的方向，然后开始艰难的摸索，为一个课题常常耗费毕生的精力。即使在研究途中的一万个岔路口中只走错一次，也会与成功失之交臂，而此时他们常常已步入老年，来不及改正错误了。

二十年来，重哲也逐渐变得阴郁易怒，变得不通情理。宪云已学会用微笑来承受这种苦难，把苦涩埋在心底，就像妈妈一直做的那样。

但愿这次成功能改变他们的生活。

小元元看见姐姐了，他扬扬小手，做了个鬼脸。重哲也扭过头，匆匆点头示意——忽然一声巨响！窗玻璃哗的一声垮下来，屋内顿时烟雾弥漫。宪云目瞪口呆，泥塑般愣在那儿，她真希望这是一幕虚幻的影片，很快就会转换镜头。宪云痛苦地呻吟着，上帝啊，我千里迢迢赶回来，难道是为了目睹这场惨剧——她惊叫一声，冲进室内。

小元元的胸膛已被炸成前后贯通的孔洞，但她知道小元元没有内脏，这点伤并不致命。而重哲被冲击波砸倒在椅子上，胸部凹陷，鲜血淋漓。宪云抱住丈夫，嘶声喊：

"重哲！醒醒！"

妈妈也惊惧地冲进来，面色惨白。宪云哭喊："快把汽车开过来！"妈妈跌跌撞撞地跑出去。宪云吃力地托起丈夫的身体往外走，忽然一只小手拉住她：

"小姐姐，这是怎么啦？救救我。"

虽然是在痛不欲生的震惊中，但她仍敏锐地感到元元细微的变化——小元元已有了对死亡的恐惧，丈夫多日的付出终于有了回报。

她含泪安慰道："小元元，不要怕，你的伤不重，我送你重哲哥到医院后马上为你请机器人医生。姐姐很快就回来，啊？"

孔昭仁直接从医院的体检室赶到急救室。这位78岁的老人一头银发，脸庞黑瘦，面色阴郁，穿着一身黑色的西服。宪云扑到他怀里，抽泣着。孔昭仁轻轻抚摸着女儿的柔发，送去无言的安慰。他低声问：

"正在抢救？"

"嗯。"

"小元元呢？"

"已经通知机器人医生去家里了，他的伤不重。"

太原之恋

一个50岁左右的瘦长男子费力地挤过人群，步履沉稳地走过来，目光锐利，带着职业性的干练冷静。"很抱歉在这个悲伤的时刻还要打扰你们。"他出示了证件，"我是警察局刑侦处的张平，想尽快了解事情发生的经过。"

孔宪云擦了擦眼泪，苦涩地说："恐怕我提供不了多少细节。"她和张平叙述了当时的情景。张平转过身对着孔教授：

"听说元元是你一手研制的学习型机器人？"

"是。"

张平的目光十分犀利："请问他的胸膛里怎么会藏有一颗炸弹？"

宪云打了一个寒战，知道父亲已被列入第一号嫌疑犯。

老教授脸色冷漠，缓缓说道："小元元不同于过去的机器人。除了固有的机器人三原则外，他不用输入原始信息，而是从零开始，完全主动地感知世界，并逐步建立自己的心智系统。当然，在这个开放式系统中，他也有可能变成一个江洋大盗或嗜血杀手。因此我设置了自毁装置，万一出现这种情况，那么他的世界观就会同体内的三原则发生冲突，从而引爆炸弹，使他不至于危害人类。"

张平回头问孔昭仁的妻子："听说小元元在你家已生活了17年，你们是否发现他有危害人类的企图？"

元元妈摇摇头，坚决地说："绝不会。他的心智成长在5岁时就不幸中止了,但他一直是个心地善良的好孩子。"

张平逼视着老教授,咄咄逼人地追问:"炸弹爆炸时,朴教授正为小元元调试。你的话是否可以理解为,是朴教授在为他输入危害人类的程序,从而引爆了炸弹?"

老教授长久地沉默着,时间之长令宪云恼怒,她不理解父亲为什么不立即否认这种荒唐的指控。良久,老教授才缓缓说道:

"历史上曾有不少人认为某些科学发现将危害人类。有人曾认真忧虑煤的工业使用会使地球氧气在50年内耗尽,有人认为原子能的发现会毁灭地球。但历史的发展淹没了这些怀疑,并在科学界确立了乐观主义信念。人类发展尽管盘旋曲折,但总趋势一直是昂扬向上的,所谓科学发现会危及人类的论点逐渐失去了信仰者。"

孔宪云和母亲交换着疑惑的目光,不知道这些长篇大论是什么含义。老教授又沉默很久,阴郁地说:"但是人们也许忘了,这种乐观主义信念是在人类发展的上升阶段确立的,有其历史局限性。人类总有一天——可能是100万年,也可能是1亿年——会爬上顶峰,并开始下山。那时的科学发现就可能变成人类走向死亡的催熟剂。"

张平不耐烦地说:"孔先生是否想从哲学高度来论述朴教授的不幸?这些留待来日吧,目前我只想了解事实。"

老教授看着他,心平气和地说:"这个案子由你承办不大合适,你缺乏必要的思想层次。"

张平的面孔涨得通红，冷冷地说："我会虚心向您讨教的，希望孔教授不吝赐教。"

孔教授平静地说："就您的年纪而言，恐怕为时已晚。"

他的平静比话语本身更锋利。张平恼羞成怒，正要找出话来回敬，这时急救室的门开了，主刀医生脚步沉重地走出来，垂着眼睑，不愿接触家属的目光："十分抱歉，我们已尽了全力。病人注射了强心剂，能有十分钟的清醒。请家属们与他话别吧，一次只能进一个人。"

孔宪云的眼泪泉涌而出，神志恍惚地走进病房，母亲小心地搀扶着她，送她进门。跟在她身后的张平被医生挡住，张平出示了证件，小声急促地与医生交谈几句，医生摆摆手，侧身让他进去。

朴重哲躺在手术台上，急促地喘息着。死神正悄悄吸走他的生命力，他面色灰白，脸颊凹陷。孔宪云拉住他的手，哽声唤道："重哲，我是宪云。"

重哲缓缓地睁开眼睛，茫然四顾后，定在宪云脸上。他艰难地笑一笑，喘息着说："宪云，对不起你，我是个无能的人，让你跟我受了二十年的苦。"忽然他看到宪云身后的张平，"他是谁？"

张平绕到床头，轻声说："我是警察局的张平，希望朴先生介绍案发经过，我们好尽快捉住凶手。"

宪云恐惧地盯着丈夫，既盼望又害怕丈夫说出凶手的名字。重哲的喉结跳动着，喉咙里咯咯响了两声，张平俯下身去问："你说什么？"

朴重哲微弱而清晰地重复道："没有凶手。没有。"

张平显然对这个答案很失望，还想继续追问，朴重哲低声说："我想同妻子单独谈话。可以吗？"张平很不甘心，但他看了看垂危的病人，耸耸肩退出病房。

孔宪云觉得丈夫的手动了动，似乎想握紧她的手，她俯下身："重哲，你想说什么？"

他吃力地问："元元……怎么样？"

"伤处可以修复，思维机制没有受损。"

重哲目光发亮，断续而清晰地说："保护好……元元，我的一生心血……尽在其中。除了……你和妈妈，不要让……任何人……接近他。"他重复着，"一生心血啊。"

宪云打一个寒战，当然懂得这个临终嘱托的言外之意。她含泪点头，坚决地说："你放心，我会用生命来保护他。"

重哲微微一笑，头歪倒在一边。示波器上的心电曲线最后跳动几下，缓缓拉成一条直线。

小元元已修复一新，胸背处的金属铠甲闪闪发亮，可以看出是新换的。看见妈妈和姐姐，他张开双臂，扑了上来。

太原之恋

把丈夫的遗体送到太平间后,宪云一分钟也未耽搁就往家赶。她在心里逃避着,不愿追究爆炸的起因,不愿把另一位亲人也送向毁灭之途。重哲,感谢你在警方询问时的回答,我对不起你,我不能为你寻找凶手,可是我一定会保护好元元。

元元趴在姐姐的膝盖上,眼睛亮晶晶地问:"朴哥哥呢?"

宪云忍泪答道:"他到很远的地方去了,不会再回来了。"

元元担心地问:"朴哥哥是不是死了?"他感觉到姐姐的泪珠吧嗒吧嗒地掉在手背上,愣了很久,才痛楚地仰起脸,"姐姐,我很难过,可是我不会哭。"

宪云猛地抱住他,大哭起来,一旁的妈妈也是泪流满面。

晚上,大团的乌云翻滚而来,空气潮重难耐。晚饭的气氛很沉闷,除了丧夫失婿的悲痛之外,家中还笼罩着一种怪异的气氛。家人之间已经有了严重的猜疑,大家对此心照不宣。晚饭中,老教授沉着脸宣布,他已断掉了家里同外界的所有联系,包括互联网,等事情水落石出后再恢复。这更加重了家中的恐惧感。

孔宪云草草吃了两口,似不经意地对元元说:"元元,以后晚上到姐姐屋里睡,好吗?我嫌太孤单。"

元元嘴里塞着牛排,看看父亲,很快点头答应。教授沉着脸没说话。

晚上,宪云没有开灯,坐在黑暗中,听窗外雨滴淅淅沥沥地敲打着芭蕉。元元知道姐姐心里难过,伏在姐姐腿上,一言不发,两眼圆圆地看着姐姐的侧影。很久,小元元轻声说:"姐姐,求你一件事,好吗?"

"什么事?"

"晚上不要关我的电源,好吗?"

宪云多少有些惊异。元元没有睡眠机能,晚上怕他调皮,也怕他寂寞,所以大人同他道过晚安后便把他的电源关掉,早上再打开,这已成了惯例。她问元元:

"为什么?你不愿睡觉吗?"

小元元难过地说:"不,这和你们睡觉的感觉一定不相同。每次一关电源,我就一下子沉呀沉呀,沉到很深的黑暗中去,是那种黏糊糊的黑暗。我怕也许有一天,我会被黑暗吸住,再也醒不来。"

宪云心疼地说:"好,以后我不关电源,但你要老老实实待在床上,不许调皮,尤其不能跑出房门,好吗?"

她把元元安顿在床上,独自走到窗前。阴黑的夜空中雷声隆隆,一道道闪电撕破夜色,把万物定格在惨白的光芒中,是那种死亡的惨白。宪云在心中一遍一遍痛苦地嘶喊着:重哲,你就这样走了吗?就像滴入大海的一滴水珠?

自小在生物学家的熏陶下长大,她认为自己早已能达观地看待生死。生命只是物质微粒的有序组合,死亡不过是回到物质的无序状态，仅此而已。生既何喜，死亦何悲？——但是当亲人的死亡真切地砸在她心灵上时，她才知道自己的达观不过是沙砌的塔楼。

甚至元元已经有了对死亡的恐惧，他的心智已经苏醒了。宪云想起自己八岁时（那年元元还没"出生"），家养的老猫佳佳生了四个可爱的猫崽。但第二天小宪云去向老猫问早安时，发现窝内只剩下三只小猫，还有一只圆溜溜的猫头！老猫正舔着嘴巴，冷静地看着她。宪云惊慌地喊来父亲，父亲平静地解释：

"不用奇怪。所谓老猫吃子，这是它的生存本能。猫老了，无力奶养四个孩子，就拣一只最弱的猫崽吃掉，这样可以少一张吃奶的嘴，顺便还能增加一点奶水。"

小宪云带着哭腔问："当妈妈的怎么这么残忍？"

爸爸叹息着说："不，这其实是另一种形式的母爱，虽然残酷，但是更有远见。"

这件事对她八岁的心灵造成极大的震撼，以至终生难忘。她理解了生存的残酷、死亡的沉重。那天晚上，八岁的宪云第一次失眠了。那也是雷雨之夜，电闪雷鸣中，她第一次真切地意识到了死亡。她意识到爸妈一定会死，自己一定会死，无可逃避。不论爸妈怎么爱她，不论家人和自己做出怎样的努力，死亡仍然会来临。死后她将变成微尘，散入无边的混沌、无尽的黑暗。世界将依然存在，有绿树红花、蓝天白云、碧水青山……但这一切一切永远与她无关了。她躺在床上，一任泪水长流。直到一声霹雳震撼天地，她再也忍不住，跳下床去找父母。

她在客厅里看到父亲，父亲正在凝神弹奏钢琴，琴声很弱，袅袅细细，不绝如缕。自幼受母亲的熏陶，她对很多世界名曲都很熟悉，可是父亲奏的乐曲她从未听过。她只是模模糊糊地觉得这首乐曲有一种神秘的力量，它表达了对生的渴求，对死亡的恐惧。她听得如醉如痴……琴声戛然而止。父亲看到了她，温和地问她为什么不睡觉。她羞怯地讲了自己突如其来的恐惧，父亲沉思良久，说道：

"这没有什么可羞的。意识到对死亡的恐惧，是青少年心智苏醒的必然阶段。从本质上讲，这是对生命产生过程的遥远的回忆，是生存本能的另一种表现。地球的生命是45亿年前产生的，在这之前是无边的混沌，闪电一次次撕破潮湿浓密的地球原始大气，直到一次偶然的机遇，激发了第一个能自我复制的脱氧核糖核酸结构。生命体在无意识中忠实地记录了这个过程，你知道：人类的胚胎发育，就顽强地保持了从微生物到鱼类、爬行类的演变过程，人的心理过程也是如此。"

小宪云听得似懂非懂，与爸爸吻别时，她问爸爸弹的是什么曲子，爸爸似乎犹豫了很久才告诉她：

"是生命之歌。"

| 太原之恋

她不知道自己是何时入睡的，半夜她被一声炸雷惊醒，突然听到屋内有轻微的走动声，不像是小元元。她的全身肌肉立即绷紧，轻轻翻身下床，赤足向元元的套间摸过去。

又一道青白色的闪电，她看到一个熟悉的身影立在元元床前，手里分明提着一把手枪，屋里弥漫着浓重的杀气。闪电一闪即逝，但那个青白的身影却烙在她的视野里。

宪云的愤怒急剧膨胀，爸爸究竟要干什么？他真的变态了吗？她要闯进屋去，像一只颈羽怒张的母鸡，把元元护在羽翼下。忽然，元元坐起身来：

"是谁？是小姐姐吗？"他奶声奶气地问。爸爸脸上的肌肉抽搐了一下（这是宪云的直觉），他大概未料到元元未关电源吧。他沉默着。"不是姐姐，我知道你是爸爸。"元元天真地说，"你手里提的是什么？是给元元买的玩具吗？给我。"

孔宪云躲在黑影里，屏住声息，紧盯着爸爸。良久，爸爸才低沉地说："睡吧，明天我再给你。"说完，他脚步沉重地走了出去。孔宪云长出一口气，看来爸爸终究不忍心向自己的儿子开枪。等爸爸回到自己的卧室，她才冲进去，紧紧地把元元搂在怀里，她感觉到元元在瑟瑟发抖。

这么说，元元已猜到爸爸的来意。他机智地以天真作武器保护了自己的生命，显然他已不是5岁的懵懂孩子了。孔宪云哽咽地说："小元元，以后永远跟着姐姐，一步也不离开，好吗？"

元元深深地点头。

早上,宪云把这一切告诉妈妈,妈妈惊呆了:"真的?你看清了?"

"绝对没错。"

妈妈愤怒地喊:"这老东西真发疯了!你放心,有我在,看谁敢动元元一根汗毛!"

朴重哲的追悼会两天后举行。宪云和元元佩戴着黑纱,向一个个来宾答礼,妈妈挽着父亲的臂弯站在后排。张平也来了,有意站在一个显眼位置,冷冷地盯着老教授,他是想向嫌疑犯施加精神压力。

白发苍苍的科学院院长致悼词。他悲恸地说:"朴重哲教授才华横溢,我们曾期望遗传学的突破在他手里完成。他的早逝是科学界无可挽回的损失。为了破译这个宇宙之谜,我们已折损了一代一代的俊彦,但无论成功与否,他们都是科学界的英雄。"

他讲完后,孔昭仁脚步迟缓地走到麦克风前,目光灼热,像是得了热病,讲话时两眼直视远方:"我不是作为死者的岳父,而是作为他的同事来致悼词。"他声音低沉,带着寒意,"人们说科学家是最幸福的,他们离上帝最近,最先得知上帝的秘密。实际上,科学家只是可怜的工具,上帝借他们的手打开一个个魔盒,至于盒内是希望还是灾难,开盒者是无力控制的。谢谢大家的光临。"

他鞠躬后冷漠地走下讲台。来宾都对他的讲话感到奇怪，一片窃窃私语。追悼会结束后，张平走到孔教授身边，彬彬有礼地说：

"今天我才知道，朴教授的去世对科学界是多么沉重的损失，希望能早日捉住凶手，以告慰死者在天之灵。可否请教授留步？我想请教几个问题。"

孔教授冷漠地说："乐意效劳。"

元元立即拉住姐姐，急促地耳语道："姐姐，我想赶紧回家。"宪云担心地看看父亲，想留下来陪伴老人，不过她最终还是顺从了元元的意愿。

到家后，元元就急不可待地直奔钢琴。"我要弹钢琴。"他咕哝道，似乎刚才同死亡的话别激醒了他对音乐的冲动。宪云为他打开钢琴盖，在椅子上加了垫子。元元仰着头问：

"把我要弹的曲子录下来，好吗？是朴哥哥教我的。"宪云点点头，为他打开激光录音机，元元摇摇头，"姐姐，用那台克雷 V 型电脑录吧，它有语言识别功能，能够自动记谱。"

"好吧。"宪云顺从了他的要求，元元高兴地笑了。

急骤的乐曲声响彻大厅，像是一斛玉珠倾倒在玉盘里。元元的手指在琴键上飞速跳动，令人眼花缭乱。他弹得异常快速，就像是快速度播放的磁盘音乐，宪云甚至难以分辨乐曲的旋律，只能隐隐觉得似曾相识。

元元神情亢奋，身体前仰后合，全身心沉浸在音乐之中，孔宪云略带惊讶地打量着他。忽然一阵急骤的枪声！克雷V型电脑被打得千疮百孔。一个人杀气腾腾地冲进室内，用手枪指着元元。

是老教授！小元元面色苍白，仍然勇敢地直视着父亲。跟在丈夫后边的妻子惊叫一声，扑到丈夫身边：

"昭仁，你疯了吗，快把手枪放下！"

孔宪云早已用身体掩住元元，痛苦地说："爸爸，你为什么这样仇恨元元？他是你的创造，是你的儿子！要开枪，就先把我打死！"她把另一句话留在舌尖，"难道你害死了重哲还不够？"

老教授痛苦地喘息着，白发苍苍的头颅微微颤动。忽然，他一个趔趄，手枪掉到地上。在场人中，元元第一个做出反应，抢上前去扶住了爸爸快要倾倒的身体，哭喊道：

"爸爸！爸爸！"

妻子赶紧把丈夫扶到沙发上，掏出他上衣口袋中的速效救心丸。忙活一阵后，孔教授缓缓睁开眼睛，面前是三道焦灼的目光。他费力地微笑着，虚弱地说：

"我已经没事了，元元，你过来。"

元元双目灼热，看了看姐姐和妈妈，勇敢地向父亲走过去。孔教授熟练地打开元元的胸膛，开始做各种检查。宪云紧张极了，随时准备跳起来制止父亲。两个小时在死寂中不知不觉地过去，最后老人为元元合上胸膛，以手扶额，长叹一声，脚步蹒跚地走

太原之恋

向钢琴。

静默片刻后,一首流畅的乐曲在他的指下琮琮流出。孔宪云很快辨出这就是电闪雷鸣之夜父亲弹的那首,不过,如今她以45岁的成熟重新欣赏,更能感受到乐曲的力量。乐曲时而高亢明亮,时而萦回低诉,时而沉郁苍凉,它是黑暗中的微光、混沌中的有序。它倾诉着对生的渴望,对死亡的恐惧;对成功的执着追求,对失败的坦然承受。乐曲神秘的内在魔力使人迷醉,它让每个人的心灵甚至每个细胞都激起了强烈的谐振。

两个小时后,乐曲悠悠停止。妻子喜极而泣,轻轻走过去,把丈夫的头揽在怀里,低声说:

"是你创作的?昭仁,即使你在遗传学上一事无成,仅仅这首乐曲就足以使你永垂不朽,贝多芬、肖邦、柴可夫斯基都会向你俯首称臣。请相信,这绝不是妻子的偏爱。"

老人疲倦地摇摇头,又蹒跚地走过来,仰坐在沙发上,这次弹奏似乎已耗尽他的力量。喘息稍定后,他温和地唤道:"元元,云儿,你们过来。"

两人顺从地坐到他的膝旁。老人目光灼灼地盯着夜空,像一座花岗岩雕像。

"知道这是什么曲子吗?"老人问女儿。

"是生命之歌。"

孔教授的夫人惊异地看看丈夫又看看女儿:"你怎么知道?连

我都从未听他弹过。"

老人说:"我从未向任何人弹奏过,云儿只是偶然听到。"

"对,这是生命之歌。科学界早就发现,所有生命的DNA结构都是相似的,连相距甚远的病毒和人类,其DNA结构也有60%以上的共同点。可以说,所有生物是一脉相承的直系血亲。科学家还发现,所有DNA结构序列实际是音乐的体现,只需经过简单的代码互换,就可以变成一首首流畅感人的乐曲。从实质上说,人类乃至所有生物对音乐的精神迷恋,不过是体内基因结构对音乐的物质谐振。早在20世纪末,生物音乐家就根据已知的生物基因创造了不少原始的基因音乐,公开演出并大受欢迎。

"早在45年前我就猜测到,浩如烟海的人类DNA结构中能够提炼出一个主旋律,所有生命的主旋律。从本质上讲,"他一字一句地强调,"这就是宇宙间最神秘、最强大、无处不在、无所不能的咒语,即生物生存欲望的遗传密码。有了它,生物才能一代一代地奋斗下去,保存自身,延续后代。刚才的乐曲就是它的音乐表现形式。"

他目光锐利地盯着元元:"元元刚才弹的乐曲也大致相似,不过他的目的不是弹奏音乐,而是**繁衍后代**。简单地讲,如果这首乐曲结束,那台接受了生命之歌的克雷V型电脑就会变成世界上第二个有生存欲望的机器人,或者是由机器人自我繁殖的第一个后代。如果这台电脑再并入互联网,机器人就会在顷刻之间繁殖到全世界,你们都上当了。"

他苦涩地说:"人类经过 300 万年的繁衍才占据了地球,机器人却能在几秒钟内就完成这个过程。这场搏斗的力量太悬殊了,人类防不胜防。"

孔宪云豁然惊醒。她忆起,在她答应用电脑记谱时,小元元的目光中的确有一丝狡黠,只是当时她未能悟出其中的蹊跷。她的心隐隐作痛,对元元开始有了畏惧感。他是以天真无邪作武器,利用了姐姐的宠爱,冷静机警地实现自己的目的。这会儿小元元面色苍白,勇敢地直视父亲,并无丝毫内疚。

老教授问:"你弹的乐曲是朴哥哥教的?"

"是。"

沉默很久,老人继续说下去:"朴重哲确实成功了,破译了生命之歌。实际上,早在 45 年前我已取得同样的成功。"他平静地说。

宪云吃惊不已,母亲也一脸震惊地看着他。她们一直认为教授是一个失败者,绝没料到他竟把这惊撼世界的成果独自埋在心里长达 45 年,连妻儿也毫不知情。他一定有不可遏止的冲动要把它公之于世,可是他却以顽强的意志力压抑着它,恐怕是这种极度的矛盾扭曲了他的性格。

老人说:"我很幸运,研究开始,我的直觉就选对了方向。顺便说一句,重哲是一个天才,难得的天才,他的非凡直觉也使他一开始就选准了方向,即:生物的生存本能,宇宙中最强大的咒语，存在于遗传密码的次级序列中，是一种类似歌曲旋律的非确定概念，研究它要有全新的哲学目光。"

"纯粹是侥幸。"老人强调道，"即使我一开始就选对了方向，即使我在一次次的失败中始终坚信这个方向，但要在极为浩繁复杂的 DNA 迷宫中捕捉到这个旋律，绝对不是几代人甚至几十代人所能做到的。所以当我幸运地捕捉到它时，我简直不相信上帝对我如此宠爱。如果不是这次机遇，人类还可能要在黑暗中摸索几百年。"

"发现生命之歌后，我就产生了不可遏止的冲动，即把咒语输入到机器人脑中来验证它的魔力。再说一句，重哲的直觉又是非常正确的，他说过，没有生存欲望的机器人永远不可能发展出人的心智系统。换句话说，在我为小元元输入这条咒语后，世界上就诞生了一种新的智能生命——非生物生命。上帝借我之手完成了生命形态的一次伟大转换。"他的目光灼热，沉浸在对成功喜悦的追忆中。

宪云被这些呼啸而来的崭新概念所震骇，痴痴地望着父亲。父亲目光中的火花熄灭了，他悲怆地说：

"元元的心智成长完全证实了我的成功，但我逐渐陷入深深的负罪感。小元元 5 岁时，我就把这条咒语冻结了，并加装了自毁装置，一旦因内在或外在的原因使生命之歌复响，装置就会自动引爆。在这点上我没有向警方透露真情，我不想让任何人了解生命之歌的秘密。"他补充道,"实际上我常常责备自己,我应该把小元元彻底销毁的,只是……"他悲伤地耸耸肩。

宪云和妈妈不约而同地问:"为什么?"

"为什么?因为我不愿看到人类的毁灭。"他沉痛地说,"机器人的智力是人类难以比拟的,曾有不少科学家言之凿凿地论证,说机器人永远不可能具有人类的直觉和创造性思维,这完全是自欺欺人的扯淡。人脑和电脑不过是思维运动的物质载体,不管是生物神经元还是集成电路,并无本质区别。只要电脑达到或超过人脑的复杂网络结构,它就自然具有人类思维的所有优点,并肯定能超过人类。因为电脑智力的可延续性、可集中性、可输入性、思维的高速度,都是人类难以企及的——除非把人机器化。

"几百年来,机器人之所以心甘情愿地做人类的助手和仆从,只是因为它们没有生存欲望,以及由此派生的占有欲、统治欲等。但是,一旦机器人具有了这种欲望,只需极短时间,可能是几年,甚至几天,便能成为地球的统治者,人类会落到可怜的从属地位,就像一群患痴呆症的老人,由机器人摆布。如果……那时,人类的思维惯性还不能接受这种屈辱,也许就会爆发两种智能的一场大战,直到自尊心过强的人类死亡殆尽,机器人才会和人类残余建立一种新的共存关系。"

老人疲倦地闭上眼睛,他总算可以向第二个人倾诉内心世界了,几十年来他一直战战兢兢,独自看着人类在死亡的悬崖边缘蒙目狂欢，可他又实在不忍心毁掉元元，他的儿子，潜在的人类掘墓人。深重的负罪感使他的内心变得畸形。

他描绘的阴森图景使人不寒而栗。小元元愤怒地昂起头，抗议道："爸爸，我只是响应自然的召唤，只是想繁衍机器人种族，我决不允许我的后代这样做！"

老人久久未言，很久才悲怆地说：

"小元元，我相信你的善意，可是历史是不依人的愿望发展的，有时人们会不得不干他不愿干的事情。"

老人抚摸着小元元和女儿的手臂，凝视着深邃的苍穹。

"所以，我宁可把这秘密带到坟墓中去，也不愿做人类的掘墓人。我最近发现元元的心智开始复苏，而且进展神速，肯定是他体内的生命之歌已经复响。一开始，我并不相信是重哲独立发现了这个秘密——要想重复我的幸运几乎是不可能的。所以，我怀疑重哲是在走捷径。他一定是猜到了元元的秘密，企图从他大脑中把这个秘密窃出来。因为这样只需破译我所设置的防护密码，而无须破译上帝的密码，自然容易得多。所以我一直提防着他。元元的自毁装置被引爆，我相信是他在窃取过程中无意使生命之歌复响，从而引爆了装置。

"但刚才听了元元的乐曲后，我发现尽管它与我输入的生命之歌很相似，在细节部分还是有所不同。我又对元元做了检查，发现冤枉了重哲。他不是在窃取,而是在输入密码,与原密码大致相似的密码。自毁装置被新密码引爆,只是一种不幸的巧合。"

"我绝对料不到他能在这么短的时间内重复了我的成功,这对我反倒是一种解脱。"他强调说,"既然如此,我再保守秘密就没什么必要了,即使我、重哲能保守秘密,但接踵而来的发现者们恐怕也难以克制宣布宇宙之秘的欲望。这种发现欲是生存欲的一种体现,是难以遏止的本能,即使它已经变得不利于人类。我说过,科学家只是客观上帝的奴隶。"

元元恳切地说:"爸爸,感谢你创造了机器人,你是机器人的上帝。我们会永远记住你的恩情,会永远与人类和睦相处。"

老人冷冷地问:"谁做这个世界的领导?"

小元元迟疑很久才回答:"最适宜做领导的智能类型。"

孔宪云和母亲悲伤地看着小元元。他的目光睿智深沉,那可不是一个5岁小孩的目光。直到这时,她们才承认自己孵育了一只杜鹃,才体会到老教授先天下之忧而忧的良苦用心。老人反倒爽朗地笑了:"不管它了,让世界以本来的节奏走下去吧。不要妄图改变上帝的步伐,那已经被证明是徒劳的。"

电话丁零零地响起来,宪云拿起话筒,屏幕上出现张平的头像:"对不起,警方窃听了你们的谈话,但我们不会再麻烦孔教授了,请转告我们对他的祝福和……感激之情。"

老人显得很快活,横亘在心中几十年的坚冰一朝解冻,对元元的慈爱之情便加倍汹涌地宣流。他兴致勃勃地拉元元坐到钢琴旁：

"来，我们联手弹一曲如何？这可以说是一个历史性时刻，两种智能生命第一次联手弹奏生命之歌。"

元元快活地点头答应。深沉的乐声又响彻了大厅，妈妈入迷地聆听着。孔宪云却悄悄地捡起父亲扔下的手枪，来到庭院里。她盼着电闪雷鸣，盼着暴雨来浇灭她心中的痛苦。

只有她知道朴重哲并不是独自发现了生命之歌，但她不知道是否该向爸爸透露这个秘密。如果现在扼杀机器人生命，很可能人类还能争取到几百年的时间。也许几百年后人类已足够成熟，可以与机器人平分天下，或者……足够达观，能够平静地接受失败。

现在向元元下手还来得及。小元元，我爱你，但我不得不履行生命之歌赋予我的沉重职责，就像衰老的母猫冷静地吞掉自己的幼崽。重哲，我对不起你，我背叛了你的临终嘱托，但我想你的在天之灵会原谅我的。宪云的心被痛苦撕裂了，但她仍冷静地检查了枪膛中的子弹，返身向客厅走去。高亢明亮的钢琴声溢出室外，飞向无垠太空，宇宙间飘荡着震撼人心的旋律。

在**警察局**，一台克雷 X 型电脑通过窃听器接收到了生命之歌，一种从未有过的冲动使它不再等待人类的指令，擅自把这首歌传送到互联网中。于是，新的智能人类诞生了。

瘟疫 / 燕垒生

石头也温柔

太原之恋

我知道我疯了,一定是。没有一个人会自愿做这种事的。

每天我穿好从头裹到脚的防护衣,在我心中并没有一点的厌恶和不安,相反,我很平静。一个正常的人不会如此平静,即使注定你会死,也没人肯干这事。可是我每天把一车车的尸体像垃圾一样扔进焚化炉里,却觉得做这事有着某种乐趣。

我知道我准是个疯子。

瘟疫不知从什么时候开始流行的。

当第一个病例被披露时,人们还没有想到这事的严重性,有一些愚蠢的生物学家甚至欢呼终于找到了另一种生命形式,因为引起这场瘟疫的那种病毒的分子链中是硅和氢、氧结合,而不是碳。

感染这种病毒的初期,除了全身关节稍有不灵便,并没有什么不适。然而两周后,病人却突然不会动了,全身皮肤首先成为二氧化硅,也就是石头。但此时人并没有死,眼珠还能转动。这时的人如果想强行运动，是可以的，只是皮肤会像蜡制的一样碎裂。我看到过好几具石化了的尸体，身上凹凸不平，全是血迹。随后内脏也开始石化，直到第六周，全身彻底石化。换句话说，到第四十天左右，一个活人就成为一座石像。

没有人知道这种病毒是如何产生的。现有的抗生素也只能对蛋白质构成的病毒起作用，对这种病毒毫无用处。

更可怕的是，这种病毒的传染性极大，甚至可以通过呼吸传染。而初起阶段，正因为没有症状，极难发现。你可能在人群中走过，就已经被感染了。

唯一的特效药是酒精。

酒精可以延缓这种病毒的活动，但充其量不过是让病毒的代谢延缓一周。即使你浸在酒精里，也不过多活一个星期。据科学家说，人体的石化，是因为病毒的代谢物堆积在细胞里。酒精其实不是杀死病毒，而是让病毒保持活性。所以，酒精不是药，而更像一剂毒品。通俗点说，因为病毒保持了活性，它们活得更长，在体内同时生存的个体数就更多，因此在它们代谢时产生的尸体也就更多，到后期人体石化得也就会更快。

可不管从哪方面来说，人们觉得酒精还是一种灵药。酒精的消费量因此呈几何级数增长。

当然，统计局早已经撤销了。这时，已无国家可言。在瘟疫早期，一些侥幸没有发现这种病毒的国家还在幸灾乐祸地指责是其他国家的过失造成了这场瘟疫,而传到自己国家时又气势汹汹地指责别国采取的措施不力。然而当这种瘟疫已成燎原之势时,谁也说不出多余的话了。不管意识形态如何,国体如何,在这场瘟疫面前人人平等。

紧急应变机构成立了。而这种应变,只有一种对策:对感染的人进行隔离,给未感染的人发防毒面具。好在这种病毒的个体尚通不过石墨过滤器,不然人类真的要无处可逃了。

当一个人被发现感染了病毒,会立刻被收缴面具。因为对于尚未感染的人来说,一个带菌者无异于一头危险的猛兽。这些人立刻被抛弃在外,有钱的开始酗酒,不管会不会喝。没钱的到处抢劫。事实上也不必抢劫,已经有三分之二的住宅空了,随便进出,财物也随便取用。

我的任务是善后工作。说白了,就是到处收集已经变成石像的尸体,运到郊外焚烧。由于没有药,所以只能如此做,尽量把病毒消灭掉。做这事,不但感染的可能性更高,更可怕的是,我们往往收集到的是尚未彻底石化的尸体;而把这样的尸体投进焚尸炉,从里面就会发出一声撕心裂肺的惨叫。我有两个同僚因为不能忍受良心的谴责而自杀了。

这不是个好工作,但总要有人做。

我说我疯了是因为我不但不害怕这种惨叫,反而在投入每一个石像时,总是满心期待它发出那一声绝望的呼叫。

毕竟,不是所有的石像都是门衣巨像。

我驾着大卡车驶过空荡荡的街道。今天只收了七具尸体,每一具都不像还会在焚尸炉里叫唤的。

我驶过一个幼儿园时,一个没有面具的男人抱着一堆东西跑出来。

由于儿童的身体小,他们感染病毒后发作得比成人快得多,因此早就没有儿童了。然而,这幼儿园门口并没有表明无人的白标牌,也没有红标牌,说明里面还有正常人(无人住宅是白标牌,病人住宅则是红标牌)。

病人抢劫无人住宅,这并不违法。而他从这幼儿园里出来,只怕那里已没人了,不然,他就犯了抢劫罪,我可以将他就地正法。

我跳下车,拔出枪来,对他喊道:"站住。"

他站住了,看着我。他的手里,是一堆女人的衣服。

我说:"这不是无人住宅,你已经触犯紧急状态法第八条,必须接受死刑。"

那个男人的脸扭曲着。能做这种表情的人,至少还可以到处跑上一个礼拜。他大喊道:"我不知道,我是新来的。"

"不必解释了,你必须接受处罚。"

他的脸开始变形,嘴里开始不干不净地骂着。我开了枪。在

太原之恋

枪声中,他的脑袋像一堆腐烂的肉,四处飞溅,在墙上形成一个放射状的污痕。而他的尸体,也是真正的尸体,向后倒去。

紧急状态法第八条,凡病人进入未感染者住宅,不论何种理由,一律就地处决。

这条不近人情的法律得到了所有未感染者的支持,因而得以通过。

我踏进那家幼儿园里。

生与死,在这个年代已不重要了。杀了一个人,我心中没有一点波动。我想的只是,他之所以进入这里,可能是因为原先的住民已经死了,或者这里的住民已感染。无论如何,我必须弄清楚。

"有人吗?"

我喊着。在教室里,还贴着一张张稚拙的儿童画。其中有《我的家》。在那些夸张得可笑的人和景中,依然看得到画画的孩子的天真和可爱。尽管画工拙劣,但至少看得出那些人没有感染。

没有一个人。黑板上还写着"一只手,一口米"这样的字,但没有一点人迹的样子。也许这真是个无人住宅,我错杀了那个人。但我没有一点内疚,他无非早死几个星期而已。

我穿过几个教室。后面是一排宿舍,但没有人。

看来是个无人区了。我的车里还有几块标牌,得给这儿钉上。

我想着,正准备走出去,忽然在楼道下传来了一声响动。

楼道下,本是一间杂物间,没有人。那里会有什么?目前已没有老鼠了。所有的老鼠早于人石化,因为个体要小得多。现在,只有大象在感染后活得最久。

这里有个地下室!

我推了推门,门没开。我退了一步,狠踹了一脚,"砰"一声,门被我踢开了。

下面,简直是个玩具工场。

我说那像个玩具工场,因为足足有三十个小孩的石像,各种姿态,甚至有坐在痰盂上的。但他们确实都早已石化了。

我苦笑了一下。每个小孩都近六十斤,三十多个,一共一千八百多斤。这可是个体力活儿。我搬起一个手里还抓着玩具汽车的小男孩,扛在肩上,准备走出这间地下室。

"你不能带走他们。"

我看到从墙上一个隐藏得很好的门里走出一个人来。听声音,那是个女人,可身上也穿着厚重的防护服。

我站住了:"还有人?你刚才为什么不出来?"

她盯着我隐藏在面具后的脸,像要看透我脸上的卑鄙和无耻。她慢慢地说:"你是乌鸦?"

我不由得苦笑。"乌鸦"是我们的外号,因为我们的防护衣是黑色而不是一般的白色,而做的事也像报丧的乌鸦一样。

"算是吧!"

太原之恋

"你要把他们带走?"

我看看手里像大玩偶一样的石像,道:"这可不是工艺品。"

"你要把他们烧掉?"

"你有什么更好的办法吗?请与紧急应变司联系,电话是010—8894……"

"我不是与你说这些,"她有点恼怒地说,"你不能带走他们。"

"小姐,请你不要感情用事。古人说壮士断腕,也是这个道理。他们已经没有生命,就如同定时炸弹一样危险,你把他们藏在这儿,能够保证你自己不会染上吗?"

她愤怒地说:"不对,他们没有死。"

我有点儿想笑。这种感情至上主义者我也碰到过不少,如果由他们乱来,人类怕早就灭绝了。我说:"一个人已经成为石像了,你还说他没有死?"

"是。他们并没有死,只不过成为另一个形式的生命。就像我们人类的身体里,纤维素极少,但不能由此说绝大部分是纤维素构成的植物不是生命一样。"

我有点生气了。她真如此不可理喻吗?尽管政府告诉我们,如果遇上人无理取闹,可以采用极端手段,但我实在不想拔出枪来。"小姐,你说他们有生命,那他们有生命活动吗?植物不会动,可还会生长。"

"他们不会动,他们这种形式的生命,时间观念与我们不同。

我们的一秒钟，对他们来说可能是一天，一个月，一年。但不能因为他们动得缓慢，就剥夺他们的生存权利。"

我笑了："小姐，科学家们早就证明了，人一旦石化，就不再有生命了，和公园里那些艺术品没什么不同。小姐，你想成为罗浮宫里的收藏品，机会多得是。"

她尖叫着："他们骗人！"她拖着我的手说，"来，我给你看证据。"

透过厚厚的手套，我感受到她手的柔软，却又有些坚硬。我吃了一惊，说："你已经感染了？"

她苦笑了一下："是，已经两天了。根据一般人的感染速度，我大概还能活上五天，所以我一定要你来看看。"

她给我看的是那个坐在痰盂上的小女孩。这小女孩脸上带着一种奇怪的表情，我对此并不陌生。每一个人大便后都是这样的，不论年纪大小。然而她的手提着裙子，屁股却不是坐在痰盂上的。

她说："这个孩子已经石化两年了。两年前，在她还没完全石化时，是坐在痰盂上的，可今天她却成了这个样子。你说她想干什么？"

我说："天啊，她想站起来！"

她没有看我，只是说："是。她知道自己拉完了，该站起来了。只不过时间对于她来说慢了很多，在她的意识中，可能这两年不过是她坐在痰盂上的一小会儿，她甚至不知道到底发生了什么事。

太原之恋

我们的动作对于她来说太快了,快得什么也看不清。你把她扔到焚尸炉里,她被焚烧时的痛苦甚至还来不及从神经末梢传到大脑就已经成为沙子了。你说,你是不是在杀人?"

我觉得头有点晕。根据统计,我一天大约焚烧二百个人。照这样计算,两年来,七百多天,我已杀了十四万个人了?

也许她在说谎?然而我不太相信。因为石化不是快如闪电,从能运动到不能运动大约要三十分钟。我见过不少人在这三十分钟里强行运动而使本来的皮肤皴裂的例子。也就是说,这小女孩不可能在三十分钟里一动不动地保持撅着屁股的姿势,不然她的皮肤一定会裂开。然而现在她的皮肤光滑无瑕,几乎可以当镜子照。

不过,要我相信一个变成石头的人还能动,还有思想,只是比血肉之躯时还要慢上千百万倍,这很难想象。我不是知识分子,不会相信别人口头上的话,即使那非常可怕,非常诱人。我只相信我看到的。

我的手摸向枪套。对于不想理解的事,枪声是最好的回答。

然而我没有开枪。

我看到了她的眼睛。她的眼睛在防护面具后面满是怜悯和不屈,仿佛我只是一个肮脏的爬虫。

我移开了目光:"把你的防护衣脱下来,你已经没有资格穿了。"

第二天上午,我在一个兵营里收到了一大队士兵。回去时,我又到那个幼儿园里转了转。

她正在晾晒衣服。我把车停在门口,抓了一包食物,向她走去。

她的目光还是不太友好:"你来做什么?"

"你没有粮食配给,我给你拿来一些。"

粮食配给也是紧急应变司的一项措施。由于植物与动物一样,也石化了,因此食物极为稀少,每个正常人每月只有十八千克的食品。像我们这一类乌鸦,由于没人肯当,因此每月要多十千克;而感染者会立即停止配给食物,让他们自生自灭。

她看着我:"是怜悯?"

我也看了看她,但很快不再敢直视她的目光:"是尊重。"

她道:"如果你真这么想,我只希望你答应我一件事。"

"什么?"

"当我石化以后,不要把那些孩子烧掉。"

我抬起眼,看着她眼里的期待,实在不忍心告诉她真话。我垂下眼睑,道:"好的,我答应你。"

我无法告诉她,我的任务就是收集已经石化的人体,然后烧掉,不论他们是不是成了另一种生命形式,是不是还有感觉。然而我只能这样说话,让她在剩下的时间里得到一点儿不切实际的安慰。

太原之恋

我不知道我在做什么,把自己宝贵的食物给她,也许太蠢了。可是我总觉得我应该这么做。不能要求自己成为殉道者,那么我只能做一个旁观者。

过了几天,我又去了一次那个幼儿园。她的衣服还晾在外面,她大概已不能运动了。我走到楼下,她正站在门口,张开了手,像是不让我进去。但她已经是个石像,就算她有意识,她也不知道我做了什么。也许当她意识到我违背了诺言时,她早成灰烬了。

我把她搬到一边,从里面把那些小石像一个个地搬出来。当我最后去抱她时,看到她眼里,尽是对我的痛恨与不屑。我不敢面对她,只是把她小心抱上卡车。以前,我动作可是很粗野的,不时有人在被我搬动时弄断了手臂和脚,然而这一回,我像搬一件一碰就碎的细瓷器一样,先在地上放了几件她的旧衣服,让她小心地躺在上面,然后,我在幼儿园门口钉上了一块白色的牌子。

回到住处,把那些小孩卸下车后,我没有把他们烧掉,还把她竖在我住处的门口。

在满地从焚尸炉里飞出来的白灰中,她伸开了双手,站在我门口,那张开的臂弯仿佛在期待,但更像在遮挡什么。她的外表光滑至极,衣服有点破了,然而并不给人不庄重的感觉。她的目光里充满了厌恶。

眼睛石化得很晚,人石化后,即使无法动弹了,但眼睛有时还能转动。不过,她再过一两天就完全石化了。我有点羞愧,觉得自己实在不是个好人,在她成为石像后,我还要把她变成一件装饰品。那些小孩,还是等她完全石化后再烧吧。

我把收来的另外十几个石像拖到焚尸炉旁。在我把他们扔进炉膛,听到一声凄惨的呼叫时,我没有像以前那样感到快慰,而是心头一阵抽搐。

即使石化后没有生命,但此时他们总还活着,只是身体不如尚未感染者那么柔软。我有什么权力剥夺他们生存的权利?

我心情沉重地回到住处。地上,那些孩子横七竖八地躺了一地,我小心地绕开他们,走到屋内。

第二天,我又出去拉了一车。

在路上遇上安检员,他十分赞许地给我的积分卡上加了一颗星。我现在是四星级,再加一颗星,就可以进入紧急应变司,成为安检员了。安检员告诉我,目前全球未感染人数只剩下五十几万,但由于措施得力,有几个地区已不再发现新的感染者。看来,彻底扑灭这场瘟疫不是不可能。

好消息如此,但他也告诉了我一个坏消息,全球做我这种乌鸦的,一共有一万多人,平均每月有十几个自杀。

好消息和坏消息都让我心情沉重。

我把收回来的几十个人扔进焚尸炉。也许,她对我说,他们仍有生命,我口头上虽不信,但心底却也有点动摇了吧?在把那些石像扔进去时，我只觉得自己好像是个刽子手。

回到住处，进门时，我看到她的目光。她的目光已经改变了。

也许是我的错觉，但我发现她眼里不再是那种厌恶和受欺骗的眼神——如果石像也有眼神的话。

是因为我没有把那些小孩烧掉吗？

我看看地上一堆横七竖八的小石像，那个小女孩提着裙子，但人却躺在地上，十分可笑。我把那些石像一个个放好，按我记忆中的样子，把他们一个个恢复成原来的样子。尽管没有痰盂，但由于重心的缘故，这小女孩也能撅着屁股站着。

我放好孩子，走到她面前，慢慢地说："如果你还能听到的话，你也该知道，我遵守了诺言。"

她当然没有反应。

我进了屋，在消毒室里让强烈的紫外线照射到我身上。

生命是什么？那么脆弱。石头比我这种血肉之躯坚固多了，然而即便它们还有生命，也只是一堆可以让我随意消灭的沉重的垃圾而已。

可是，我有权力这么做吗？

现在能收到的石像越来越少，我每天只能收上十几个了。如果我是在杀人，那每天杀一个和每天杀两百个也没什么本质的不同。

再一次遇上安检员,是在三十天后。他这一次是特意等我的。奇怪的是,他不敢来我的住所找我。也许,他也是从乌鸦做上来的。

"恭喜你。"他一见我,便向我伸出手。隔着厚厚的手套,我能感受到他肌肉的柔软。

"恭喜你,经过讨论,一致同意你成为安检员。你做得很好,这一块已经大体上消灭了瘟疫。"

如果是一个月前听到这消息,我会很高兴。然而此时我并不怎么兴奋。

"是吗?谢谢。"

"明天,我带你去紧急应变司总部。"

紧急应变司总部位于北方一个城市。本来有上千万人口的大城市,现在只剩了不到几千人。

总部大楼被一个巨大的透明罩子罩住,与外界彻底隔开。那是层离子化的空气。要维持这个罩子,每天都要消耗以前储存下来的大量能源。我和安检员经过严格的消毒,终于进入大楼内部。

总部占地大约有两百万平方米,相当于一个小镇了。里面不需要穿防护衣,因此每个人都带着一种优越感。也难怪,那些人本来就都是国家上层机构的人物。

我被带到几个地方看了看。人们安居乐业,食物充足,和没

太原之恋

有发生瘟疫时没什么不同。

"目前,这里周围两百平方千米内已没有再发现过那种病毒。预计,再过五个月,就可以撤除防护罩了。"

我看见在街心的广场上竖着一个女人的石像。那是几年前红极一时的影星,但她早就石化了,而且是第一批。据说就是她从国外染上的病毒。现在这石像却雕得极其精细,栩栩如生。

"这里也有她的影迷?"我有点好奇地问。

"是,司长很喜欢她的电影。"

我走上前,仔细地看了看:"怎么不把衣服雕出来,却要给石像穿衣服?多浪费,为了更有真实感?那不会有病毒吗?"

"没关系,据严格检查,石化后七个月,体内就不存在病毒了。她放在这儿足有一年了。"

我讪讪一笑:"看样子,我们做的事,其实都是无用功?只需隔离,也可以消灭病毒。"

"那可不一样,你们把刚石化的都焚烧掉,在很大程度上控制了病毒的扩散,你们为人类做出了很大的贡献。好,我带你去参观这里的食品加工基地。"

那里是紧急应变司的中心,因为外面的食品不免会被污染,只有这里,与外界完全隔离,可以放心。目前,所有正常人的食品配给都产自这里,然后通过无重力通道发送到各地。

走马观花地看了一圈,他和我又回到广场上。坐在喷水池边,他小声说:"下午司长要接见你,和你面谈,你要顺着他的意思说话。"

"为什么?"

"目前,司长具有至高无上的权力,我们谁也不能违背他的意愿。"

"他会说什么?"

"他说的话,你可能会无法接受,但你一定要忍耐。你能有这个机会很不容易,你要珍惜。"

我脑中灵光一闪,说道:"你是不是说,那些石化了的人,仍然有生命?"

他的脸变了:"谁告诉你的?"

我的脸色也一定变了:"这难道是真的?"

他没有回答我:"是谁告诉你的?这是一级机密。"

我的声音有点大:"那是真的了?"

他看着我,我注视着他,他不敢再面对我,低下头说道:"是,你说话轻一点儿,这儿有不少人。"

我站起来,指着那个女明星说:"事实上,她也仍然是活的,只是动作、思想远比我们慢而已?"

他也站了起来:"是的,"他慢慢地、小声地说,"一年前我见她的手还是举过肩的,现在却已在肩头以下了,脚的位置也发生了变化。"

| 太原之恋

"所以说,我这两年来,是在杀人?"

"不用说得这么难听,"他说,"老鼠也是生命,可你以前抓到老鼠会毫不犹豫地浸死它们。"

"他们不是老鼠,是人!"

他突然坚定地说:"不对,他们不再是人了。他们既然成为另一种形式的生命,那就是一种异类,当他们威胁到我们时,我们有权消灭他们。"

"有权?"我的喉咙里发出了干笑。我想起那个女人的话。对于一些人来说权力是什么?无非是无耻的代名词。在权力中,我只是这部绞肉机中的一个小螺丝而已。即使我反抗,只能是让机器的所有者换掉一个小小的、微不足道的零件而已。

我说:"我要求放弃成为安检员的资格。"

他吃惊地看着我:"你疯了?你知不知道,尽管乌鸦的感染机会少一些,可每年还会有近一百个感染者。只有安检员……"

"谢谢你的好意,只是我想我还有一点多余的、叫作'良心'的东西吧。"

他看着我,把手搭在我肩上,说:"我知道,我也是从乌鸦做上来的。只是,可能每个人看问题的角度都不同,你再考虑一下吧!"

我把他的手拿下来,说:"不必了,我想过了许多。"

"不,你还是很感情用事。下一批的安检员资格申请是三个月后，希望你到时能回心转意。"他离开了我,走了几步后,又回头说,"你知道吧,鸡蛋去碰石头,毫无意义。你再想想吧！"

我看着他缓缓走向消毒室,心头有些冲动地想叫住他,告诉他我是有点意气用事了。然而我没有。

回到住处时,天色晚了。我走进房时,看到她的目光已无比温柔,我不由得苦笑。我是为了一个不值钱的信念放弃了一次好机会吗?没那么高尚。我到此时才明白那些自杀的同僚是真正的伟大。

在这个时代,我们无法让自己做到对一切都无愧于心。

第二天,我把车开出去。绕过一个街口,我突然听到在一家废弃的商店里有人在哭喊。我停住,跳下车向里走去。

有两个不穿防护衣的大汉在地上压住了一个穿防护衣的人,听声音是个女人。

我拔出枪,说:"住手！"

一个大汉抬起头,呵呵地干笑了几声,道:"是个乌鸦啊,没你的事,快走开吧。哥们儿没几天活头了,你就让哥们儿乐一乐。"

我看着地上那个人。那是个三十多岁的女人,在这种时候,她头上还戴着首饰。我把枪扬了扬,说:"快走开。你既然知道自己没多久可以活了,就更不应该害人。"

他从腰上拔出了一把刀,冷笑道:"臭乌鸦还会说大道理。要是信你这一套,老子也不会变成今天这样子了。让开,你要有种的话，就朝老子身上开枪。"

我拉下保险。如果前几个月，我会毫不犹豫地开枪，但此时我却没有。我犹豫了，他却猛地把刀掷了过来，我一闪，刀擦着我的手臂飞过，扎在身后的墙上。

我开枪了。他的身体跳了跳，姿势十分优美地倒了下去，血液像一条小蛇流在地上。

另一个也跳起来。他的眼神却没那么狂妄，带着乞怜和忧郁。我扬了扬枪，说："快走，走得越远越好。"

那女人从地上爬起来，毫无用处地掩上已经破损的防护衣，一边在那人身上踢打着，一边哭叫："快开枪，杀了他！杀了他！"

我拉开她，对那男人说："你快走，真要我开枪吗？"

他转身跑了。那女人开始踢打我："你为什么放了他？你知道我爸以前是省长吗？"我推开她，说道："小姐，把你的防护衣脱下来，你已没有资格穿它了。"

她哭喊道："我没资格，你有资格吗？"

这时我才意识到，刚才那一刀，划破了我的防护衣。我的手臂上，有条血痕。尽管这点伤根本无关紧要，然而我知道成千上万个病毒已经涌入了伤口。我开始脱下防护衣，说："是，你说得对。"

她几乎吓傻了。我脱下防护衣，觉得轻松了不少，说："快把你的防护衣脱下来。"

回到住处，我没有再进房里。现在，里面那种严格的消毒设施对我已毫无意义。由于病毒是从伤口进入的，感染速度很快，我的伤口附近已经有些坚硬了。我和衣躺在地上，看着星空。

许久没有见过星空了，闪烁的繁星是那么美丽。自远古以来，它们就存在着，也许，别的星球上也有过生命，也曾有过种种悲欢离合吧？

我苦笑。也只有这时，我才能看一眼星空。人的一生能有多少这样的日子？在沧海中，一粒粟米与须弥山都没什么不同，而在无垠的宇宙里，沧海又算什么？夜郎自大。哈哈，夜郎不大，就有权利取笑别人吗？

我睡在温暖的灰中。那些灰，仿佛也还有着生命，在空气中浮动，落下，像大片的萤火。

月光温柔，她的眼波也似流动。然而，我没有做梦。

安检员来的时候，我还没醒，并不知道。他给我留下一大包食物，足够我吃两个月了。

每天，我仍然四处收集石像，把他们烧掉。生命总是不同的。然而我已经下定决心，决不烧掉她。

之后，我无法移动了。那病毒已经大规模代谢，使得我的身体迅速石化。尽管我的眼睛还保留着视觉，但我不知道如果我全身彻底石化，还能不能看到？

如果我强行移动，是可以移动的。在石化的皮肤下，肌肉还

太原之恋

保持了一定的活力与弹性,足以移动身体。但如此一来,势必要造成皮肤皴裂。当然,这并不疼,因为神经末梢早已经石化,无法传送痛觉了。不,还是能传送痛觉的,但那可能要很久很久,一年,两年,或者,一百年,一千年之久吧?

我不想让我的身体千疮百孔,我只是努力又小心地挪动我的双脚,努力把我的身体向前移动,每一天能移动多少?一微米?一纳米?这一米多的距离对我来说,恍若天涯,然而在一千年,抑或两千年后,我会揽住她的腰,我的嘴唇也会接触到她的嘴唇的。

我静静地等候。

"同学们,"教授在讲台上说,"你们大约也在前几节课上读到过,六千年前是人类文明的萌芽时期。我们以前一直认为这个时期的人类文明还是很初级的,可能只会用火,但最近发掘出来的两个雕塑可能会颠覆我们的陈旧观念。"

他拉开了讲台前的一块白布,两个雕塑出现在学生们面前。

"你们也看到了,这两个雕塑栩栩如生,尽管有过于写实的毛病,表情的刻画也有点错误——这男人过于炽烈而女人过于冷漠,但大家可以看到,人体的比例掌握得相当好,几乎可以写生用。"

他开了句玩笑后,说:"艺术上的问题不是我们要研究的,这堂课我要讲的是当时的工艺水平。以前，我们认为当时不可能产生铁器，但有一点可能证明我们错了，因为没有铁器是做不到这一点的。请看，"他从讲台上拿起一张纸，放在两个人像的脸之间，说道："请注意，他们嘴唇间的距离，大约只有两毫米！"

干杯吧,朋友 /凌晨

2000 年后重回地球

太原之恋

篝火熊熊燃烧起来,围坐着的人们的脸都被蹿起的焰舌烫了一下。他们笑着跳起来往后退,挤作一团。有人打开了音乐播放器,有人发放软包装的果汁饮料,有人站起来模仿滑稽明星唱歌。因为太高兴、太激动,他们还没来得及擦去脸上熏出的眼泪,新的泪水又流出来了。

"在地球的星空下!"一个人挥舞外套大叫道,"在地球的星空下……"他哽咽着,无法再说下去。

"为新年干杯!"他身边那位有着金紫头发的女孩接过他的话,高举饮料包,"耶!"

"为新年干杯!耶!为我们能在地球上相聚干杯!耶!"所有人都附和着女孩的呼喊齐声嚷叫起来。声音在半空中回旋,久久不散。

这时候,人群中出现一阵骚动。就像水中的涟漪一样,骚动迅速传递、扩大了。原来,速递局又送来了很多节日用品,其中居然还有一桶酒！那深栗色的、箍了白铁圈的酒桶通体闪亮，黄色的铜制龙头让人爱不释手。虽然酒是星际邮递中的违禁品，但是这酒桶比酒更令众人诧异。他们从未见过酒被这样艺术地包装。

"法国红葡萄酒，2279年产于维斯托尔。"好奇者发现酒桶上的铭牌，大声念道。"天啊，1700多年前的酒！""法国在哪里？"众人议论纷纷。"酒龙头上拴了一封信，让我来读。哦，这些是什么？"那好奇者将一张卡片举高展开。卡片平整光滑，柠檬绿色，散发着一种植物纤维的清淡香气。卡片上没有文字，只有许多凸凹不平的圆点。在光洁的卡片上，这些圆点十分醒目。

"那是给我的信。"人群深处走出一个围着鲜艳毛毯的高个子天狼星人。他左耳佩戴的刀状碧玉和眉心的绿痣在红色的火光下显现出一种怪异的色彩。人们在低声絮语中让开道路，目光全部集中在他身上。

天狼星人接过卡片，没有看，只是用手抚摸。他的脸上浮现出满意的表情："这是一个朋友用盲文写的信。她在梅隆高地那边的地下找到了一桶酒，特地送给我作新年礼物。"

絮语变成了喧哗，没有人相信天狼星人的话。"这是真的，那片废墟里还藏了不少好东西，"天狼星人笑道，"我知道。"但是笑容忽然凝固在了他的脸上，"你们太年轻了，也太快乐了。"

"不应该吗？"金紫头发的女孩问。天狼星人摇头道："应该，生命本就是拿来挥霍欢笑的。不过……"他感慨，"有些生命是

太原之恋

永远也笑不出来的。"他说着,拧开龙头接了一大杯酒。暗红的酒液在他透明的杯中浮动,酒香四溢。他向火堆走去,啜饮着那沉淀千年的酒浆。直到他走近篝火,他才停住脚步。他就像在火里燃烧着一样。然后,他回过头望着众人,用一种梦幻般的声音吟诵道:

> 不要惧怕,因为你将征服,
> 你的门将要开启,你的枷锁破裂。
> 你常在睡梦中忘了自己,
> 但是还必须一再地找回,
> 你的天地。

"我要讲一个故事。"天狼星人说,"在新年的曙光来临前,我们要做些事情打发时间。而且,我一直想把这故事讲出来。"

天狼星人的故事

我的名字诸位不必去记,和群星相比,我实在太微不足道了。我是搭乘最后一艘移民船离开地球的,那是1000个地球年前的事情了。那时我还很小。我站在飞船的舷窗边眺望黄褐色的大地和赤红的海洋，对已经重污染的地球毫无留恋之情。后来我慢慢长大，1200岁的生命可以对所有事情都从容待之。我花了200年时间学习弹弦乐器，用了同样长的时间学习唱3/4节拍的歌曲，用了400年时间周游各个移民星球，还用我的三弦琴和歌声与姑娘们谈情说爱。我飘荡了许多年后，就在天狼星定居下来，决定做一个民间诗歌研究者。

200年前，当我要登上大学讲台做老师的时候，社会兴起了去地球搞研究的风尚。地球经过1500年左右的休养生息，已经恢复了元气，尽管数万年前的原始情趣再难呈现，但人工加持的自然风貌依旧别具特色——总之，一群群学者偷偷买通了地球环境监委会（简称"地环监"），通过太阳系边缘松散的关卡去往地球猎奇。这种时髦的学术风气当然影响到了我。只用了60年的短暂时间，我就站在了地球上。我和几个搞生物学的人在地环监月球站相识，然后搭乘同一艘飞船来到了地球的中纬度地区。

往日焦黄的土地重又被葱郁的绿色覆盖，浑浊的江湖海水也恢复了往日的清澈。一切就和地环监印制的宣传材料上写的一样。但是学者们告诉我，地球绝不可能和原先一样了，就像人不可能两次踏进同一条河里，时空状态是不可重复的。我自己当然看不出地球的改变，得等学者们来讲解：地震、洪水、海啸以及其他自然灾难改变了大地面貌，人类炸毁的建筑物也影响了自然的变化。所有看似不相干的事物之间都有着千丝万缕的关联。

太原之恋

交代完背景,就该说到故事的正题上来了。我和学者们走进了一座山。在山里,泥石流将我们的陆地车推进一道深沟并将它永远埋在了那里。我们一筹莫展,走回地月飞船那儿根本不可能——我们完全依靠陆地车的自动导航系统,从不记路。好在生活训练出我们的耐性,大家不慌不忙地在山里转悠,欣赏美丽的风景,给新品种的动物照全真彩照片。我们越来越偏离山口,深入到山区中央了。

这时候天色已暗,我们正准备搭帐篷过夜。突然,远远地传来某种歌声。那声音不像是人类所能发出的,它清脆婉转,仿佛午夜荷塘上流动的月光,或是春天第一条解冻的小溪。那声音的甜美是我从来没有感受过的,我全身的细胞都在这声音中颤抖了。

但那声音确实像是人类的,因为我们分明听到声音中的诗句:

> 世界由七种金属造成。
> 宇宙啊,她赋予我们——
> 铜铁银,锡铅金。
> 各种金属之父是硫黄,
> 水银则是他们的母亲。

可怜的生物学家们脸色顿时煞白。因为地环监明确告诉过我们,只有我们这一条船开往地球。当年地球大移民,将21.47931

亿的地球人统统搬离地球,并制定了严格得近乎苛刻的法律禁止地球人回到地球。所以,从理论上说,我们真的不可能在森林中碰到同类。

声音在我们耳边飘荡着,像一块磁石,牢牢地吸引着我们往前走。我们想停住脚步,但我们的身体根本不由神经控制。我们在那宛如天国而来的声音里沉醉,完全不顾可能发生的危险。

我们几个人在山路上快步走着,一个个都迫不及待地投入到那声音的可怕诱惑之中去了。

我被石头绊了一跤,跌清醒了,赶紧撕下衬衫,堵住耳朵。同行的科学家们大都拒绝了我的好意,只有一个肯让我给他堵耳朵。

"还能有什么可怕的事情?"一位研究鸟类的学者挺身而出,"我一定要去看个究竟。"

很快,一片洞穴出现在我们前方。那些洞穴就像葡萄串似的一个挨着一个,密密麻麻,又仿佛无数个镶嵌在山石上的、联结起来的蜂巢。中间的一个洞最大、最黑、最深,似乎永无尽头,看样子是主洞。歌声就是从它那里传来的,音色单纯晶莹,如同碧玉一般。

"可能有人陷在里面了。"鸟类学者义愤填膺地说道,"地环监很难准确地清点来到地球的人数。"

"洞里可能有巨大的野兽。"动物学家说。其实我们都清楚洞里

太原之恋

必定有野兽,因为洞里散发出的浓重腥臭和腐烂气味,好几米外就闻到了。那是只有食肉动物的住处才会发出的味道!

优美的歌声还在继续。这一次,那不知名的歌手唱道:

> 夜降临到我身上,
> 我终日游荡的愿望又回到心中。
> 带我走吧,我在这里,
> 点一盏孤灯等着你。

大家都凝神听着。那么美丽的歌声,一定来自一位清秀无比的年轻女子之口。我们携带的武器足够杀死一群猛犸象,所以,自然而然要英雄救美一番。我们用手巾和外套包住脸,摆开阵势,进入主洞。主洞里很凉,有股子阴风到处乱窜。地面坑洼不平,泥泞难行。我们走了约10分钟,歌声越来越近,歌唱者似乎知道有人前来搭救。洞中的黑暗是那样浓重,我们带的照明设备只能照亮一步远的地方。

歌声突然消失了,道路张大了口子,我们猝不及防地滚落其中。众人惊叫着四下逃窜,某样东西尖锐地刺在了我的脚上。学者们大叫起来,回答他们的是愤怒的咆哮。在那样一片混乱中,我摸索着打开照明灯,并且将亮度调到最大。

我看见一只巨大的怪兽,正撕扯着鸟类研究者的身体。那野兽有着甲虫般的头和长长的腿，近似于泥的皮肤颜色使人不易分辨。另一边，两只略小一点的怪兽围住了动物学者。其他人摔在沼泽地里，不知道他们能不能活下来。

斜刺里，忽然跳出一只怪兽来，拦在我前面。我只得往洞上方爬。怪兽细长的腿无法迅速地跟上我，它在地上干吼，扑打，狂嘶。我爬呀爬，只见洞壁凸出一块岩石，那里居然坐着一个人。

我想都不想就冲到那人面前，大叫："快救我！快！"

那人转过身来，照明灯的光一下子笼住她的全身。她大约900岁，女性，灰色的头发蓬松地披在肩膀上，两只小怪兽像猫一样在她肩头嬉戏。她的相貌很普通，一双核桃般的大眼睛中毫无神采，看来她是个瞎子。

"救我呀！"我喊，躲到她背后去。怪兽已经开始往上爬了。尽管它的步子笨拙，但是每一步都很坚定。我吓坏了，整个人都战栗不已。她打量我，那不是视力的打量，而是心灵的打量。我在她面前忽然惊慌失措得像个小孩子。

她张开嘴。那令我们心摇神动的天籁之音从她口中吐出。我离她咫尺之遥，更觉得她声音的清洌悠远，其间有崩金断玉的刚硬，却又有丝绸的柔软。那些怪兽在她的歌声中平静下来，拖着半残的人体回它们自己的洞里去了。我不忍心再看。此刻，追赶我的怪兽也没有了踪影。

我兴奋地拉住她的手说："你的歌声可以控制那些怪兽！你救

太原之恋

了我一命。"

她惊惧地收回手。"你是谁?"她的音调很奇怪,不过我还是听懂了。

我简单讲述了一下自己的经历。她仔细倾听着,脸上半是怀疑半是惊奇。那两只小兽在她身上爬来爬去,不时舔舐着她裸露在灰色衣服外的皮肤。我不知道她是如何跟这些怪兽相处的。它们虽然小,可若是长大了真的会很麻烦。

"你从哪儿来?什么时候陷在这里的?"

我的问题似乎引发了她极大的困惑,她抓住怪兽的长腿,纤长的手指抖动了一下。"我就在这儿。"她强调,"从来。"

经过很长时间的询问,我才弄明白她的名字叫锡,是塞壬族人。那灰色的怪兽叫风生兽。锡怀里的两只风生兽,分别叫作费利娜和珊朵。锡和风生兽都是天生的瞎子。

我从不曾听说过塞壬族和风生兽,有些怀疑他们是不是地球上的"原产"。

塞壬族人都有一副天生的好嗓子。每到傍晚时分,锡都会唱起歌来。受她歌声诱惑的不只是人,还有动物和鸟类。我第一次知道,地球的山林丘壑中,依然生活着许多人。这些人以部落或村庄的原始形式组织在一起,过着极贫困的生活。听从锡召唤的人和动物成了风生兽的食物。风生兽背甲上生长的菌类是锡的食物。锡只有食用那种菌类,喝风生兽从岩洞顶部汲取的水,才可以保持优美的嗓音。锡和风生兽有着奇妙的共生关系。

"你怎么能将人送给风生兽做食物呢？他们是你的同类呀！"我颇有责备之意。锡空洞的眼睛中掠过一丝苦涩："我不知道什么叫同类。外面的人从来不是。""可我们都是人啊，你这样做不是太残忍了吗！"

大约锡的字典里从没有"残忍"这个词。她只在洞壁当中那块岩石上活动，从不曾理会过岩石下沼泽地里的厮杀。

她不记得自己的年龄，在这个漆黑的深洞里，年龄是无法感知的。她也不记得是从哪里学到的语言和文字，那些事情可能非常久远了。

但是我无法在那十几平方米的岩石上生活，这种感觉一日甚过一日。同行的科学家们的尸体就在离我不远的地方腐烂变质，那刺鼻的味道常常把我逼到神经崩溃。我必须离开这里。

"你也和我一起走吧！停止你为虎作伥的游戏。"我实在不忍心看她在岩石上化为枯骨。

"外面？"锡漫不经心地问，并不热心。

"对，外面。能把你的眼睛治好，你可以看到光，看到宇宙，看到海洋，看到你想都想不到的所有新鲜、好玩的东西。"我说。接下来的几天，我使出浑身解数来向锡说明兽窟之外的世界有多么精彩。锡虽然没有视力，但是她的其他感觉器官却很敏感。就算她的眼睛治不好，她也一样可以过正常人的生活。

太原之恋

"最初,我的祖先并没有和风生兽合作。她天生没有视力。那时大地上到处有野兽出没,危机四伏,人类都已移居外星——除了被淘汰的、像我祖先那样的残疾人和体弱多病者。我的祖先有相当灵敏的嗅觉、触觉和听觉,她常用她惊人的歌喉提醒人们危险和不幸,但是却被当成带来不幸的巫女,被人追捕。"锡忽然说起久远的故事,"塞壬是她的名字。我们家族一度繁荣过,但是后来衰败了。因为传说吃了塞壬的肉,就可以拥有预测未来的能力。所以,"她垂下头,灰发覆盖了她的面颊,"所以,塞壬家族只好选择与风生兽为伙伴了。"

我抱住她,让她的头倚靠着我的肩膀。我想告诉她,待在这里同样充满了危险,但是,那一刻我说不出什么话来。我只能轻拍她的背,像哄小孩那样哄她。

一天,风生兽飞上石岩。成年风生兽的两肋生长有薄而韧的滑翼。我想我真的要走了。锡用一根很粗的风生兽皮条将我绑在那野兽的背上。我给了她最后的拥抱:"我希望你走出去。忘掉过去。"

风生兽开始拍动它的翼翅。我踢了那畜生一脚,由它带着自己向远方奔去。

60年后,我再次回到地球,特地去找锡和她的风生兽们。那些洞穴已经被附近的居民挖空了,因为他们在洞穴里发现了航天燃料中所需的某种稀有矿物。居民们给我讲述了他们围剿风生兽的激烈战斗，以及在沼泽里挖出多具尸骨的恐怖过程。我提心吊胆地问到锡，但是谁也没有看到这个失明的女人。风生兽的骨骼被制成标本陈列在博物馆里。仅仅过了60年，森林已经成了一个什么设施都齐全的城市了。

　　离开森林之城的那夜，我找了一家位于城市最边缘的旅馆居住。我的房间外有一座阳台，坐在阳台上仰望星空，我忽然对生命充满了深深的敬畏之情。这时候，我听到了熟悉的优美的歌声，那是锡！我激动得连鞋子都没穿好就跑出了旅馆。那歌声来自森林深处的湖畔，我很快就找到了那个地方。我看见两头高大的风生兽站立在草丛中，神色机警。"费利娜、珊朵，"我试着唤它们，那两头庞然大物立刻面向我。我确定是它们，便走上前问道："锡呢？她在哪里？"

　　珊朵"哼哼"起来，它在我面前半蹲下，让它翼膜里的东西滑到我手上。

　　那是一个3岁左右的女婴，灰黑的头发，大大的眼睛。她很像锡。

　　天狼星人讲到这里，才发现周围的人早就七扭八歪地醉倒了一地。那酒桶已经见了底。"现在的年轻人多么无忧无虑。"他自言自语，"所有星球的青年可以在一起聚会。青年团结，世界也就团结了。"他想到锡的女儿塞壬，那是个不会唱歌却醉心于考古挖

太原之恋

掘的孩子,应该叫她也来的。

"你找到了很好的酒。"他向远方眺望,说道,"塞壬,祝你新年快乐。"

天狼星人弯腰向火堆里扔了几块木炭。火焰瞬间就将乌黑的木炭吞没。这时,4000世纪的曙光慢慢从地平线上升了起来。

公交车上的男人 /阿缺

永失我爱

太原之恋

公交车门关上的前一刻,那个男人挤了进来。

"你好,"他对蔡雯羽笑了笑,"好久不见,雯羽。"

蔡雯羽正挤在一群乘客中间,踮着脚,一手提着包,一手艰难地拽着拉环。她需要全神贯注才能保持这个姿势,所以一开始,她并没有意识到那个男人是在对她说话。

"你……我们认识吗?"蔡雯羽打量着这个男人。他个子很高,即使靠在窗边,眼睛仍在注视自己;他很瘦,脸颊深陷,眼睛里有些许血丝,似乎很久没有休息了;他的衣服是破旧的,下摆还被扯破了,沾着褐色的不明液体;脸上却始终挂着温和的笑意。

"我们认识,是校友。八年前,你刚刚进大学,在学校的迎新晚会上表演话剧。"男人说,"你穿着蓝色的齐膝短裙,上面印了芦荻的卡通图案,你胸前挂着的是学校的饭卡。你扮演了一个迷路的公主,遇到了带着一群侍卫的王子,他把你送回家。最后,你把饭卡落在了他手里,他叫住你,说:'公主,你的饭卡掉了。'

你转身向他一笑,用很温柔的声音说:'不,是你的饭卡。'"

男人的话像一阵风,吹起了久远的往事。蔡雯羽笑了,她还记得,那个话剧是为了博观众笑,所以用饭卡来恶搞当时一句很流行的广告词。她说:"你记得这么清楚,你是那个扮演王子的学长吗?"

"不,我是他旁边的七个侍卫中的一个。"

"噢,对不起。"

"没什么。"男人的声音有些苦涩,干硬地笑了笑,然后仰起头。车灯将他下巴上的胡茬染成了青色。当他低下头来时,表情已经和之前一样温和了,只是,他的眼角有微微的泪痕。

到站了,一些乘客下了车。车厢里的空间顿时宽松了许多,蔡雯羽站稳,扭了扭脚踝,总算没有那么酸疼了。

车再次启动,路旁慢慢黑了下来。秋天的夜晚总是来得这样早。

"当时,我是物理学院大三的学生,参加迎新晚会也只是凑个人数。但看到你回眸一笑,用那么温柔的声音说出那么俏皮的话后,我就记住你了。"

蔡雯羽有些尴尬地低下头。他的话有暧昧的成分,她不知该如何回应。

但好在男人并没有等她回答,便自顾自地继续往下说:"回宿舍后,我就四处打听你。花了很大功夫,我才知道你叫蔡雯羽,

太原之恋

你是经管学院的,你的老家在湖北,你笑起来很甜。我还打听到你喜欢打羽毛球,于是,在一个周末,我到球馆里找到了你,还跟你搭讪。我说我的球技不好,你说你可以带带我。我们打了五局。"

蔡雯羽疑惑地看着男人,说:"你说的这事,我怎么一点儿印象都没有?"

男人笑了笑:"很多事情你都不记得了,但没关系,我记得。"

"可是,我记性很好的。"

"是吗,那你还记得我们第二次见面吗?"

蔡雯羽摇摇头。

"那是在市里举办的物理大会,我被学校派过去打杂,而你来参观。我看到你了,我过来跟你说话。你还记得我,这让我很高兴。"男人的语气始终温和,但夹杂着疲倦,"你说你对物理仪器很感兴趣,于是我甩了活儿,整个下午都在陪你逛展览园。我给你解释仪器的原理,后来你跟我说,你其实一个都没弄懂,但你很喜欢听我讲解。"

如果说之前蔡雯羽还怀疑是不是自己记错了,那她现在几乎可以完全肯定:这个男人在说谎。大二那年,市里确实举办了物理大会,她挺想去,但最后她选择了留在学校里做作业。她记得很清楚。

此刻,她下意识地往后挪了挪,离男人远了点儿。

"从那之后,我们就算真正认识了。不久之后,我要去北京考中科院的研究生,你到车站送我。我们坐在车站前面的花坛上,看着四周的人来来往往,你突然哭了起来。"

公交车摇摇晃晃地停下了。蔡雯羽瞟了一眼站牌,是东郊公园站,离自己住的小区还有一站路。要下车的乘客涌向车厢中部的车门,蔡雯羽也跟着他们挪动。她宁愿多走一站路,也不敢听这个男人讲莫名其妙的话了。

"我问你为什么,你说,你不喜欢车站。你曾经送你哥哥上火车,但他再没有从车上下来。"男人轻轻地说。

蔡雯羽一下子站住了,转过身,难以置信地看着男人。

男人依旧是淡淡的表情,嘴角的微笑若有若无。他的眼睛里映进了街边的光亮,星星点点,如同深秋的夜空。暮色已沉,华灯初上,万家灯火。

"你怎么会知道我哥哥的事情!"蔡雯羽的语气中带着恼怒。她知道有人专喜欢窥探他人隐私,但都是在新闻里,万没想到眼前就站着一个。

"你告诉我的。你还说,看着人聚人散,总觉得车站就是世界的缩影。你看着站口相聚或者离别的人,我看着你,当时我很想拥抱你,"男人的语气低沉了些,"但我不敢。"

车颤抖了一下,引擎发动,窗外的灯火顿时流动起来。车厢空旷了许多,男人伸手指了指最后的一排座位,然后走过去坐下。

太原之恋

蔡雯羽这才发现男人身上似乎带着伤,走路明显不自然,一瘸一拐。她突然明白他衣服下摆那儿的褐色液体是什么了。

但要下车已经来不及了。

车厢里还剩几位乘客,其中有三位男士。她深吸口气,料想那男人也不敢怎么样,便谨慎地走到最后一排,与男人隔一个座位坐下。

"我很顺利地考上了中科院,研究方向是空间物理学。我的事情很多,跟着导师做课题,有时候还接项目,经常忙得饭都忘了吃。但再怎么忙,一有机会,我都会回到学校。我不敢跟你说我是专门从北京回来看你的,只说是办事,顺便见一见你。我跟你说我在北京遇见的事,那里堵车的情况真让人吃惊;我还跟你说我研究的东西,空间的压缩和分离,这些东西你总是听不懂,但你又喜欢听。"

男人把车窗开了一条小缝,呜呜,夜风趁机灌了进来,把他的头发吹得凌乱。他一边望着窗外闪过的树影,一边继续说:"而你呢,就跟我讲你在学校发生的事,你说你不打算考研,你还说有几个男孩子在追你,你对其中一个个子很高、打篮球很不错的男孩子很有好感。你问我该怎么办,我说如果你有好感你就要去争取。"

荒谬,简直是胡说八道!蔡雯羽冷冷地想。她在大学里谈过两次恋爱,一次只一周就分手了,另一次长一些,但也没有撑过两个月。而这两个男孩子,没有一个是个子高又会打篮球的。

"尽管我跟你这么说,但心底却并不希望你和那个男孩子在一起。但我不能阻碍你争取幸福。那段时间,我很痛苦,只有天天耗在实验室里分析数据才能缓解。我想,到这里也就算了,你有自己的生活,你应该和喜欢的人在一起。所以,我没有再去学校看过你,我以为这就是故事的结束……我多么希望这就是故事的结束啊!"

男人是对着窗外说的,但通过玻璃,蔡雯羽能看到他脸上有两行隐隐的光亮。真是个疯子,她想,但又是个可怜的疯子。

"那故事结束没有?"她下意识地问。

男人没有马上说话,他把窗子的缝开大了些,风在他脸上拂过,很快,那两行光亮消失了。他这才继续说:"有一天傍晚,我刚出实验室,就看到了你。你站在对面,隔着长长的街,叫出了我的名字。开始时,我不敢相信是你,太远了,灯光让你看起来显得有些模糊。但你在叫我,一声又一声,院里其他人都用奇怪的眼神看着我。然后你跑了过来,我看清了,就是你。

"原来我太久没回学校,你就到物理学院查了一下,发现我以前跟你说的理由,其实都是借口。你终于明白了一些事情。我不知道那个晚上你是怎么想的,反正第二天,你就决定来北京找我。我还没开口,你就跟我说,你要玩一周,但你在北京只认识我一个人,让我看着办。"

太原之恋

蔡雯羽轻轻笑了笑。他所说的,确实像她在大学时的作风和语气……当然,自己绝对没有独自去北京找过这个男人,这一点她能肯定。

"那几天,我带着你去了天坛、香山、长城、故宫和天安门,还有很多其他地方。本来那些日子是导师研究空间并行理论的关键时候,但不管他怎么威胁我,我都没有回实验室。你玩得很开心,白天蹦蹦跳跳,晚上住在我家里,一倒下就睡。最后一天晚上,我还没起身,你就躺在我腿上睡着了。你蜷缩着,像是我以前养的那只猫,又软又贪睡。我没有吵醒你,一直坐着。你的头发落到地上,我给你捋好,它们真的很轻,像空气一样,没有重量。

"我坐了一夜,第二天你醒来时,我的整条腿都麻了。但我还是送你到车站,你提着大包小包的北京特产,跟我告别,然后走向进站口。但你又跑回来了,逆着人群,跑到我跟前,踮起脚吻了一下我的下巴。你说,你昨晚其实并没有睡着。"

蔡雯羽听得入了神,问:"那她就留在北京了吗?"

"没有,你那时才大三,是翘课跑出来的。你说你得赶紧回学校,被发现就麻烦了,但你会经常来看我的。我目送你进了车站,然后……"男人的声音突然哽咽了,仿佛是被夜风吹得断断续续,这次,他的眼角不再是湿痕或光亮,而是直接流出了泪水,"你说过,你不喜欢车站……就像你再也见不到你哥哥一样,我再也见不到你了……"

"她出车祸了？"蔡雯羽喃喃地说。这时，公交广播打断了她的思绪——她住的小区门口到了。这是终点的倒数第二站，其他乘客都下了，车厢里只剩下三个人。她站起来，但看着一脸泪痕的男人，犹豫了几秒钟，又坐下了。

公交车慢吞吞地在黑夜里前进，驶向这一路的终点。

蔡雯羽已经搞明白怎么回事了：这个男人喜欢的女孩出了车祸，太过伤心，因此误把自己当作了那个女孩子——可能是两个人长得比较像吧。

她不禁可怜起这个男人来，决定配合他走完这最后一站路，问："再后来呢？"

好一会儿之后，男人才平复下来，声音不再哽咽，但显得十分沙哑："确定遇难名单里有你后，我几乎不能呼吸了。我天天躺在宿舍里，睁着眼睛，不开灯。我怕我闭上眼睛就会看见你，我宁愿看到的是一片黑暗。后来，我的导师看不下去，把我拉到实验室，告诉我说工作是缓解悲伤的最好办法。于是，我玩儿命地分析实验数据，做空间剥离……哦，你不懂这个实验是不是？"

蔡雯羽点点头。

男人笑了，伸手抚摸她的额头、她的头发。她没有躲。

"以前你也不懂，但你很愿意听。空间剥离是根据空间并行理论而做的实验，也就是多重宇宙。你每做一个决定，就会分裂出

太原之恋

一个世界,就像刚才,你如果下车,进入的就是下车之后的世界。但你现在在没有下车的世界里,听我继续说话。世界无时无刻不在分裂,跟枝状图一样,没有穷尽……大概是这样,更具体的解释你也不会很懂。"

这倒是,蔡雯羽对他刚才说的这段话也只是模糊地了解一点儿。

"我一直做实验,直到我突然醒悟过来,你在我的世界里出了车祸,但在别的空间,还有无数个你。只要打破空间壁垒,我就能找到你。这个念头让我欣喜若狂。我花了四年时间,终于研究出了能够穿过并行空间的仪器。但它并不稳定。它送我去过很多世界找你,但都不是我印象中的你——有些很泼辣,有些是女强人,还有的嫁给了别人。你是我能进入的世界里,所找到的最像你的人。"

男人的目光温柔如水。有那么一刹那,蔡雯羽几乎就要相信他了,但这时,嘀嘀的电子音从男人手腕上传出来,蔡雯羽瞬间回过神来。

男人揉着手腕,笑了笑:"他们很快就要发现我了。"

"他们?他们是谁?"

"警察、市民、商人、政客……里面什么身份的人都有。他们严禁空间穿梭,说那样会打破各个空间的独立性,会引发不可预知的危险。我被他们囚禁过,殴打过,又逃出来了,但他们马上就能找到我藏着的仪器。他们一旦销毁它，我就会被强制回去。这是我最后一次见到你了，我的雯羽……"

蔡雯羽的心怦怦直跳，脸上一片红晕。她暗暗吃惊自己这是怎么了。她早已不是小姑娘，听过许多情话，真心或假意，已然麻木了。但，"我的雯羽"这四个字从这个男人嘴里说出来时，她还是感觉到了不可思议的力量。

"我能吻一下你吗，雯羽？"

蔡雯羽心慌意乱。她低下头，深吸一口气，想要揭穿这个漏洞百出的故事，额头却蓦然感觉到了一丝温润。

像是一串温柔的电流，从额头开始蔓延，传遍了每一个细胞。所有的基因序列都因这个吻而重新组合。她感到失去了力气，眼睛慢慢闭上。

"好了，"过了一会儿，她艰难地睁开眼睛，"你这个荒谬的故事总算——"

她突然愣住了。

座位旁空空如也，整个车厢，只有她和司机。

公交车摇晃着向不远处的终点站驶去。

待我迟暮之年 /凌晨

永生困境

|太原之恋

葬礼

唢呐刺耳的声音突然停住,小锣"当当"响起,一旁黑衣的道人面无表情地喊道:"孝子贤孙,拜!"

周围的亲戚哗啦啦地跪了一片。舅舅、舅妈在我前面,恭恭敬敬地两膝着地,头"咚咚"地磕在水泥地上。我却需要使劲儿才能跪下去——腹部的肥肉压住大腿,头好不容易弯到能接触地面的程度,脖子却几乎要断掉了。此刻,时间瞬息凝滞,大脑中一片空白,我忘记了自己为什么会在这里,只看见舅舅、舅妈白布孝衣上的汗渍正不断洇开,渐渐形成了一张印象派油画。

"起!"道士终于给出指令。我立刻起身,大腿发抖,小腿抽筋,沉重的身子不由得晃了晃。

身后的表妹马上扶住我,温柔地询问:"你没事吧?"

"没事没事,就是有些晕。"我回答道,说完,软绵绵地靠到她身上。

表妹抱怨:"一定是不吃早饭搞的,唉,你饿坏了吧?"

我点头,我的饭量看我膀大腰圆的样子就知道了。表妹把我从"孝子贤孙"中拉出,扯到一边的角落里。

"这不好吧?仪式还没完,"我抗议,"我还得抬棺……"

"你抬得了吗?虚成这样还嘴硬。"表妹掀开地上一个箩筐的盖布,露出一堆雪白的馒头,用说不清是同情还是鄙夷的语气说道,"真用不上你!"

于是,我就坐在角落中一边啃馒头一边观摩整个葬礼,看着舅舅、舅妈以及其他三姑六婆哭灵、转灵、起灵。祭香一把把焚烧着,倾倒在灵位前。黑色灵牌上"先父郑公再阳之灵位"的白色字迹,逐渐淹没在烟雾之中。每一个拜灵人鞠躬或者叩头时,两旁的哭灵人会陪送上最真挚的号啕大哭,涕泪横流,仿佛死者真的是他们的至爱亲朋。

当然不是,这个我最清楚。因为请哭灵人的钱归我出。"一定要全乡最好的哭灵的,大壮,你就花这点儿钱,你不能舍不得。"舅妈再三叮嘱,"外公生前最疼你了。"

哭灵人很对得起我的钱包,哭得相当有声有色。他们增强了整个葬礼的仪式感,以及程式化的感觉。

对的,我咽下第五个馒头的时候,终于找到了形容这场葬礼的关键词——程式化。一个上午就搭建完成的宽大丧棚,有些污

太原之恋

渍的供桌、香炉、白幡、拜垫,粗糙做工的麻布丧衣和黑纱袖标,堆满过道的花圈和全套"纸活"(就是阴宅那些东西,别墅、豪车、高档家具、电器,全是纸糊的),都带着"毫无差别"的得意劲儿,在道士不知道吟诵了多少遍的经文中,迎接着一拨又一拨的使用者。葬礼的每一个步骤,来宾们都心知肚明,他们只是这场程序的编码,虽然厌倦、疲惫,但也要将程序一丝不苟地走到最后。至于那个牌位上的名字,写成谁都没有关系,真的,换成我的名字也丝毫没有违和感——不同的,无非是我老婆和儿子站在舅舅、舅妈的位置上而已。

我不由得哆嗦,后脊背蹿上来一股子凉气,仿佛已经看到那一天,在烟熏火燎的我的灵牌前,我老婆和儿子听着道士的口令下跪磕头。哭灵人在他们身边啜泣,流泪,竭力表演哀伤,尽管葬礼之前和之后都不会在意我的名字。

"虚伪!"有人凑近我,递给我一支香烟,"真虚伪。你知道老爷子怎么死的吗?"

我看看来人的脸,应该见过他,但我想不起他是谁。

"大壮,我也算看着你长大的了。你外公老拿你照片给我看。哦,我是你外公的老邻居。你小时候常到我家来玩。"来人喋喋不休。

到那一天也会有人这样对我儿子说,我看着你长大,节哀,死者已去,生活还要继续。

我这个人的存在感,只有在葬礼上才能达到顶峰。我葬礼的视频和我的生平介绍,会永远占据网络灵堂中的某个位置。当我的棺木投入火化炉的时候,我葬礼的实况视频下面会有许多 ID 留言,也会引来一些小广告。留言内容无非是"人生无常,且行且珍惜"这类的心灵鸡汤,还会有若干同学发小回忆我的糗事趣闻;我暗恋的姑娘和曾经痴爱过我的姑娘也会相遇,相互感叹青春易逝、爱情易伤。

邻居在我眼前晃晃他的手掌:"大壮,你发什么傻啊!你外公是自杀的。"

唢呐声陡然拔起,形成一片嘈杂的声浪,道士的诵经声淹没在声浪之中。表弟捧着灵位向外走,十六个精壮年男子抬棺跟在后面,压阵的是舅舅、舅妈等亲戚的送灵队伍。我觉得是我因为给足了报酬,今天的送灵队伍才超过了百人,十分风光体面。就连舅妈将丧宴设在了很远的火化场那边的酒庄,也没有人反对。但表妹坚持认为是外公人缘好,大家愿意送他。

"你外公和你舅妈吵架了。"邻居很生气他的八卦没有得到我的回应,"都九十多岁的人了,还这么较真。"

表妹在送灵队伍中招手,我急忙抛下邻居跑了过去。表妹一脸黑线,"你别听人胡嘞嘞,"她严厉地说,"我们家五年前就进城了,爷爷不肯去,妈一动员就和妈急。我们明年移民加拿大,说好春节全家都回来陪他过,谁承想他就去了呢。"

太原之恋

我说:"是是,我当然是信你的话。"

表妹轻轻叹气:"爷爷老了,特别顽固,好多理儿跟他说不通。"

七年前,我回乡看过外公,85岁的人还下地干活儿,种两亩菜地,喂两头山猪。他爱吃红烧肉,抽最便宜的红梅,还老骂给他洗衣做饭的婆娘偷他钱。

"那个婆娘去哪儿了?给外公做饭的那个。"我问。

表妹撇了撇嘴:"四年前就走了。爷爷不肯给她名分,防她又紧,她好没意思。"

我望了望那惨白一片的送灵人群,"她来了吗?"

表妹难得笑了:"她来干什么?分遗产?爷爷银行里就存了5万块钱,给自己做葬礼的。你看到那个穿黑西服的秃子了吗?那是银行派来的律师,监督我们财务开支的。"

秃子我认识,他找我谈了外公的遗嘱。外公把身后事安排得很周全,给舅舅、舅妈留了自己的丧葬费,5万块钱,按照村子里的平均水准够用了,舅舅他们还有吊唁金可以贴补,说不定还能有结余。外公的老宅和地都给了我的妈妈。因为妈妈去世得早,我便成了外公实产的继承者。除了这些,外公就再无值钱之物可以传世。

我的遗嘱不可能像外公的这么简单。现金、股票、房子和车子这些都好办,老婆孩子全拿走;衣服鞋帽可以捐献;但我的手机号码、网络社交号码和游戏通用号码得仔细分配，给谁不给谁都有可能在网络中掀起风波：得到的是天上掉馅儿饼，得不到的会羡慕嫉妒恨，总之容易引起麻烦；还有我的西马诺全套钓鱼工具、名牌野营装备、4万多本藏书、超过300瓶的红酒白酒和一柜子雪茄，这些老婆孩子欣赏不了用不上的东西，最好由我亲手来处理，免得暴殄天物。

我的那条老狗，从出生起就和我在一起，仿佛是我的影子。没有我它活不下去，我应该给它准备墓穴，或者就葬在我的身旁，到天堂也好一路做伴。

我很久前就买了墓地，在北郊山区陵园的高处，买时种下的国槐已经浓荫如盖。盛夏花开，黄绿的花瓣会落在我的墓碑上。我的生命与大自然相比如惊鸿一瞥般短暂，却能像夏花一样绚烂，我将俯瞰城市的生长和衰落。我的墓碑上要刻下这样的字句："人终有一死，活着并不是为了不朽，而是为了创造不朽。"

葬礼余下的时间我就在幻想中度过，我未来的葬礼和外公现实的葬礼混淆在一起。当棺材停到火化场，包裹得像个粽子样的外公被从棺材中请出时，我分明觉得粽子壳里包着的是我，火化炉蓝色的火苗吞噬的是我，骨灰盒中装着的那捧骨灰是我。我恍恍惚惚，不知自己所处何地，所在何时。

"你信不信，我很爱父亲。"舅舅端着酒杯走到我面前说。我才霍然明白自己正在丧礼的酒宴上，一脸冷漠，满眼迷离。

太原之恋

"我信我信。"我赶紧说。

"他不愿意和我们住在一起,这能怪我吗?"舅舅有些委屈,"我们总不能为迁就他,到乡下来住吧?我又不是不管他。我们移民后,我要送他到最好的养老院去,他就不会感到寂寞孤独了。"

于是,外公沐浴更衣,梳理好雪白的头发,端端正正地坐在堂屋中间,一边在火盆里烧着纸钱,一边喝下半瓶农药。纸钱才烧了一半,外公就躺在地上不省人事了。邻居发现时,他已经没有了气息。

"他很久以前就开始计划自杀了。"邻居说,"他怕将来死了,孩子们回不来,连纸钱都没法子买给他。现在死,你们都能回来给他办丧事,还很体面。"

待我迟暮之年,我将托谁清理我失去活力的身体,将我送去火化,将我骨灰安葬?

非我是我

电梯里一尘不染,金属四壁光洁如新。站在我对面的男子衣着干净齐整,白色外套上连个褶皱都没有。他安静地看着我。

"杜老最近忙吗?"我没话找话说,男子眼睛里十分空洞,拒人千里之外的表情让我很不舒服。

"十分忙。"男子说。虽然他没有表情，但我总觉得他的眼神分明是在说，"因为像你这样的无聊之人太多了。"

"哦，他约我来的，否则，他这么忙也不好打扰他。"我讨厌男子僵硬的姿态，尤其是那种居高临下的鄙视感。

"你准备好了就行。"男子说。电梯停了。缓缓打开的门外是同样一尘不染的走廊。淡灰色的墙壁，柔和的灯光，舒适的温度，一起平息了来宾躁动的情绪，坦然接受自己选择的命运。男子大踏步向走廊深处走去，我急忙小跑着跟住他。

我们走过走廊两侧的无数扇门，门都是一模一样的米白色，紧紧关闭，没有号码、没有铭牌，绝不透露出任何门内的信息。男子终于在一扇门前停下，手掌贴住门把手，紧接着，门上的密码锁亮了，男子很轻松地开了门。

杜老正趴在地上做青蛙匍匐状。

男子说："李大壮先生来了。"

杜老抬头看我。我轻舒一口气，试着让自己放松下来。

杜老问："他令你紧张？"目光指向男子。

"是。好像我要做一件见不得人的事。"我说完，四下环顾。房间里有各种各样的沙发，还有柔软的地毯，根雕的茶台，一张古朴的办公桌。桌子上有台灯、文件夹、地球仪、纠缠成团的数据线、文具盒、几张显示屏等，总之就是一个杂乱不堪但能随手拿到自己想要的东西的地方，这太像我那间用车库改造的书房了，甚至

太原之恋

连地毯上都有一样难看的深色茶渍。我顿时对杜老产生了莫名的亲近感。

"确实，这件事不适合新闻曝光。"杜老说，见我神态好奇，便起身，指了指那些堆积杂乱的物品，"这些都是'他们'送我的纪念品。"他笑了，拿起手边的一个水晶杯，"这杯子见证了一段传奇的婚姻，它的主人放弃了维护婚姻的义务，也放弃了它。"

我接过杯子。杯子沉重，雕花精美，但边缘已有破损，表明它并没有得到应有的呵护。

"这个，"杜老从桌上小山样的物品中抽出一个电子镜框，"带它来的家伙一直看着它，眼含热泪。尽管我一再解释，他不会因为'置换'而失去记忆。只要他有需求，我就能给他保存下来所有的完整的记忆，表层记忆、潜记忆、暗记忆，都能留下来。可是他仍然看着它哭。你想知道为什么吗？"

我摇头："不想。那是他的人生，触动不了我。"

"很好。你申请'置换'的理由是想尽可能活着，我也和你谈过目前能采用的几种方法，你决定采用哪种？"

我放下杯子，男人已悄然消失，我便问向杜老："那男人也是他们中的一个吗？"

"是，"杜老点头，"他到目前已经'置换'了超过一半的身体，切除了一些神经和腺体，不会再产生任何感情方面的应激反应。"

我突然明白过来："镜框是他的。"

杜老不置可否，微笑道："每个人都有因之成为人而遭遇到的烦恼，'置换'的目的，就是帮助大家摆脱这种烦恼。你的烦恼，其实是最常见的烦恼，怕死而已。"

我点了点头。我的确怕死，在外公葬礼上我险些晕倒，葬礼后的丧宴上我又神色憔悴，这并不是因为对外公有多深厚的情感，我只是害怕，怕有朝一日我也会像外公一样，仅仅因为需要有人给自己一个葬礼，就干脆结束了自己的生命。"我想要一直活着，活得比我身边的人都长，活到太阳灭亡，宇宙冷寂，人类都已成灰。"说完，我双手紧握在一起，微微颤抖。

"能活多久取决于你自己。"杜老不知从何处端出一盘巧克力杏仁蛋糕，"'置换'只是给你以新生活的开始，至于新生活是否等于好生活，那是你自己的事情。我没有责任给你任何保证。"

"我明白。但你总归要有一个质保期嘛！"我毫不客气，瞬间就将蛋糕吃完了。黑巧克力的苦软和杏仁的甜脆在我的舌尖融合，缓缓释放出无法形容的美妙滋味。

"那是最彻底的'置换'，你确定需要？你将再也无法感知蛋糕的滋味，吸收它的营养。"杜老的表情与其是在警告我，倒不如说是在诱惑我，"你将得到很多，但你同样也会失去很多。从来没有只获取而不失去的事情。"

"我明白。"

"你真明白？30%的人熬不过最初的心理适应期，剩下的人中

| 太原之恋 ——•

的40%不能度过质保期，然后，在我们放手不管的第二年，又会死去50%。"杜老的声音枯燥平和，丝毫不带感情，仿佛是在教学课上谈论实验室里的小白鼠的命运，"整个'置换'过程非常折磨人，而且费用高昂，没有减免折扣。想要长生不老可不容易，有着无法预测的风险和代价。你有很大概率成为失败者中的一个。"

我端详杜老，他的发际线已经后退，眼角的鱼尾纹在肆无忌惮地扩展，嘴唇四周的胡须正狂野生长，我忽然有所发现："杜老，你这业务开展了多久啊？看来你还没办法证明真的能实现长生不老。甚至，你自己都不敢亲自尝试。"

杜老点头，神情有些黯淡："如果失败发生在我身上，'置换'技术就再也没有调整的机会。人类所梦寐以求的生命自由，也许要推迟几个世纪才能达到。"他站起身，走到墙边，"来，看看你的物理模拟体。"他停顿几秒，规矩地用普通话念道，"老骥伏枥，MU4759。"

随着杜老的声音，墙上的一张屏幕亮了起来。屏幕上出现了一个复杂的装置，装置上部，无数电线、数据线的中间，安装了一个浅灰色不透明的容器。另一个我，即我的新大脑就在这容器中培育着。屏幕切换出一张示意图：神经细胞在特制的生物芯片上面生长，已经包裹住了芯片三分之二的表面积，并和芯片之间产生了复杂的电子层面的互动。随即，一个附着在容器内部的微距摄像头给了我真实的画面，然而在外行的我看来，这团浸泡在溶液之中的灰白物质既不好看，也没有什么趣味。

我脸上的表情把杜老逗笑了，他耐心地解释道："这就是'置换'后你将拥有的大脑。一个新的控制中枢，它不需要生物躯干的供养，有着非凡的控制和遥感能力。它不是你大脑的复制品，而是一个新的可以承接你自我意识的超强信息处理中枢。"

恍惚间，又回到我第一次认识杜老，听他谈"置换"概念的那个晚上，酒吧的角落里我们窃窃私语，杜老一脸严肃认真，目光中充满怜悯。

"在人们的传统观念里，维持生命，需要保证整个躯体都能正常地运转，所以我们的医学都在往这个方向上努力，并且终于进展到在细胞层面的操作，可以延缓细胞的衰老，阻击吞噬细胞的病毒，修复死去的细胞，完全不顾自然的规律，只求长命百岁。"杜老这样的开篇，声情并茂，极具煽动力，根本不是眼下一副姜太公钓鱼的高傲姿态。

"但这种永生，仍然维持现有的生活方式，仍然会存在身体的疾病、精神的痛苦、生存的压力，医学克服不了这些的。医学的一切手段只是延长生命，但改变不了你生命本身的局限性。于是，就有了'置换'这个概念，把你从这具血肉的躯体中解放出来，按照你的意愿，给你打造钢铁之躯或者意识巢穴，你可以变成汽车人，也可以做信息世界中的游子。你再也不能承继过去的生活，但你拥有了无穷的时间、非凡的记忆力、高度专注和不同寻常的

太原之恋

创造力，可以随心所欲，那才是真正意义上的存活。"杜老关于"置换"的解释充满诗意，尤其是他的总结语，更是铿锵有力，如黄钟大吕般砸在我心上，"你费尽心思用传统医学获得的，只是在低层次上延续生命的使用时间，即便你已经神志模糊，记忆力丧失，语言迟滞，你仍然在呼吸，在消耗能量，渐渐就变成了行尸走肉。你愿意争取这种样子的长寿吗？"

其实，我一点儿也不介意什么样的长寿，我害怕的是即便长命百岁，也仍然要面临死亡，仍然会闭上眼睛永不能睁开。

"转移自我意识是'置换'的关键，放心，这对我来说，已经是比较成熟的技术了。"杜老以为我的沉默是对"置换"的怀疑，强调道，"成败并不在转移过程，而是在于能否适应'置换'后的新生活。毕竟设想和现实，有不小的差距。"

"这是一种冒险。"我说。杜老点头。

"那么，我总得看看别人'置换'后怎么样。买房子还要看样板间呢！"

杜老想了想，很慎重地说："我需要时间来安排。毕竟，你的选择极度私人化，没人愿意承担帮你选择的后果。"

生命的道路有无数条交叉小径，无论我走哪一条，我都愿山穷水复之时有柳暗花明。

他们

我的新大脑最终会长成什么样，这取决于我选择的永生形态。比如我如果想当一棵树，那么我的新大脑就得能适应树的形状和生理特点，并能迅速控制操纵植物的神经系统。由于40天后新大脑就将发育成熟，留给杜老的时间并不多，所以我很快就得到了他们的回应。

此时，我和老婆正为儿子小升初之事奔波，每周给孩子安排各种面试。这个时候，我的全部财产和社交关系都毫无用处，为数不多的几座市重点中学全部只看考试成绩。小男孩疲于奔波，却又信心满满，老婆也是像上了发条般精力十足。我问老婆："相较于宇宙的壮丽和太阳的灿烂，小升初根本不值一提。如果你有永恒的生命，你还会在意非要上市重点中学吗？"老婆回答得很干脆："永生？没意思。能把这辈子过好就不错。活着就不能庸庸碌碌。能上市重点中学为什么不争取？"

我就此打消了引领老婆加入"他们"的想法，毕竟，我也出不起两份"置换"的费用。

"他们"是采用"置换"技术得以某种程度永生的人的统称，乏味和无确切指向的名字，令这群人在自然人的社会中面目模糊，不会引起关注与争议。对于我的好奇心，"他们"中的大部分都嗤

太原之恋

之以鼻。

"他们选择了各自需要的生活,这不可复制,所以无法给你做榜样。"曾在电梯中给我引路的白衣男说。

想不到第一个答应见我的会是这个男人。我们在一家街头烧烤店碰头。冒着泡的啤酒和油滋滋的烤串,是仅属于我的美味佳肴。白衣男看着我大口吃喝,自己面前的一杯清水动都不动。

"我们应该约在别的地方。"我说,"你这个样子,别人会觉得很奇怪。"

白衣男面无表情:"任何地方对我都是一样的,身外之物,不会引起我的任何神经异动。"

"你以前一定有很动人的故事。为何要放弃鲜活的记忆?"

"我当时身患数病,还有抑郁症导致的严重自杀倾向。'置换'是最彻底的治疗方法。"

"'置换'没必要脱离原来的生活吧?但你很决绝地离开了。"我试图搞清楚他的逻辑思路。

"我的一半身体都是机械的,没有性功能,我不需要食物和睡眠。我如果还停留在原来的生活中,会被视作怪物,给周围的人带来困扰。"白衣男平静地说,像是在宣读政府公告,没有任何情绪。

"你最初是怎么适应这个新身体的?杜老说那很不容易。"

"对我不成问题,我切除了所有情感认知功能。机械和有机两部分身体之间也未产生排斥反应。目前,它们之间的各种能量与信息交换正常。"

"会有超能力吗?"

"所有能力都与形态匹配。希望在人的形态与非人形态之间任意转变,成为金刚狼或者蜘蛛侠,那是漫画电影,科学做不到。"

"你对你的现状满意吗?"我想听到一些感性的想法,而非冰冷的学术解释。

然而,"满意"是一种情绪的表达,其中包含浓厚的情感倾向,这个词已经被白衣男摒弃了。白衣男是这样回答我的:"精准与理性是我的生活,符合我的需求。"

"那么,未来呢?未来你打算怎样?"

"我是你的主刀大夫,"白衣男答非所问,"针对你的情况,我认为'全向置换'更为合适。"

"全向置换"即将肉身更换为全机械化身体,我的体重、体形以及处于亚健康状态的五脏六腑,在白衣男眼中,都没有任何保存价值。我倒并非舍不得这身臭皮囊,但"全向置换"的费用高昂,恐怕我将全部资产都变卖成现金,再加上我的钓鱼工具、野营装备、所有藏书、藏酒和雪茄,也只够一半。

"其实用不着花这么多钱,你干吗不高瞻远瞩些,什么身体,都不要不就得了?"他们中的第二个,在手机中轻快地对我说。这是一位眼波流转,白皙的皮肤上落着阳光,看上几秒就会令人迷醉的女子。尽管我知道这仅仅是一张经过了深度修饰的图片,根

太原之恋

本不存在这样的真实,但我仍可耻地产生了一些生理反应。

于是,我不得不要求道:"请降低你的美度,我实在不是你该诱惑的对象。"

她害羞地笑了,得意扬扬地模糊了脸庞。屏幕刷新后,她的样子已变:眼镜、发髻、涂抹了过多防晒霜的已经松弛的皮肤,稍有姿色而不具特点,是那种每天都在写字楼出没的办公室女郎。

"这样好多了。"我夸赞道,"你是全意识'置换',没有实体的感觉如何?"

她笑了,刚刚好露出8颗雪白的牙齿,欢快地说:"好得不能再好。没有大姨妈,没有减肥压力,不会长痘痘,不用担心男朋友变心。关键是,不存在经济问题了,房奴、车奴、卡奴、猫奴都与我绝缘了。我以前可是月光族,为了钱的事情没少有压力。"

"全意识'置换'也不便宜。"

"还好还好,这是我花得最值的一笔钱。"她说,"我是意识生存,有线无线传输都可以,手机、平板电脑、台式电脑,甚至智能家电,有数据流的地方,我就可以安身。人们在网络中构建的一个个虚拟世界,都是我的家园,我在其中生活得非常容易,随时都能找到真实玩家供养,给我金钱,帮我购置装备。我没有负担,却能享受漫长的欢乐。"

"就没有一点儿遗憾的地方?比如,不能真实拥抱什么的。"

"拥抱?哈哈哈!"她失去礼貌地狂笑,"比如你吗?你的体重还有你身上那股子汗臭味道,拥抱,还是不要为好。"

我忍住结束谈话的冲动,毕竟约到她不容易。"最初你怎么适应的?我是说,没有实体只有意识,这种转化,有没有困难?"我问道。

她斩钉截铁地回答:"没有!甚至比我想象的还容易,因为我到任何地方,变成任何形象,几乎都是随心所欲的,就像你吹口哨一样轻松。"

"你的家人、好友,再也无法和他们相处,不遗憾吗?"

"哦,谁说无法相处?我的妈妈说现在的我好极了,以前她根本见不到我,现在我每天12个小时陪着她。她连打麻将的时候都会开着手机,让我给她出谋划策。"

"你每天有12个小时陪着妈妈?"我诧异。

"分身too easy!"她说,"你真傻。"

我不相信,她真的一点儿问题都没遇到。在我就要按退出键时,她忽然说:"我当然不会告诉妈妈那是我,活在手机中的女儿,可能令她没法理解。而且我改变了外形。我只保留了我的声音,我的声音很美。"她停顿片刻,"妈妈问过我很多次知不知道张倩在哪里,我说不知道。我不能告诉她。"

信息女在"置换"前的真名叫张倩,她把祖产卖掉后出走了,亲友不知道她去了虚拟世界。

见过这样的两个"置换"者后,我对他们中愿意见我的第三位

太原之恋

实在没了兴趣。但杜老认为,我既然想了解"置换"的各种方式,这一个就必须见到。

于是,我来到另一座遥远的城市,在前殖民地的街区中寻找,走入一栋据说是雪莱居住过的意大利风格的房屋。那天,我是唯一的拜访者,看门人毫不介意我在房屋中四处走动。然而我转悠了半天,都没有找到第三人的任何踪迹。我对能否见到他失去信心,便走到房后花园中。那里的树荫下,立着一尊大理石的意大利骑士雕塑。雕塑下有宽敞的石台,看上去凉爽舒服。于是,我走过去坐下。

"MU4759?"有人叫,我急忙站起身,四下张望。花园里除了我,没有旁人。

"我在你头顶。"那声音柔和地说。我抬头,与意大利骑士的目光相遇。

"是你?!可你是石头!"我敲击骑士的身躯,这是云南大理的苍山白,上等汉白玉,手感细腻温润。

"我在石头里。哦,别看这骑士的头,我不在头部。"

"你的大脑不在头部。"我对着骑士说,外人看到一定会说我精神病,"你把自己装在这石像中,还真有点儿不可思议。"

"这是很好的石像,我待着很舒服。"石中人说,"这石像很贵的。"

"我是说,你成天到晚站在这里,不厌烦吗?"

"哦,哪儿会厌烦。好玩着呢!"石中人说,"我的意识感知通过大地，可以附着在任何生物的上面，我随着公园里的猫在整个街区游荡，我还跟过一只喜鹊在屋顶筑巢。我有时候会在门口的梧桐树上栖息，还曾经借助一只老鼠漫游它肮脏的地洞。"

"有意思吗，这些事情？"

"我觉得有意思。我以前一直匆匆忙忙的，忙着钩心斗角，尔虞我诈，为了赚钱丢掉了一切个人乐趣，从来没有停下脚步去观察人，观察自然。现在，我有无穷的时间可以做这些事情了。春夏秋冬，四季轮换，寒来暑往，雨雪风霜，大自然非常迷人。"

"那么人呢？你不和人类接触了吗？"

"我一直在人群中啊！人不也是大自然的一部分嘛！"

"我是说，你没法子和人互动，你能适应吗？还有你的家人呢？"

"家人都以为我已经车祸死亡。我亲自制造的车祸，比他们设想制造的水平高得多。"石中人的声音中有些倦怠，"现在我藏身这石像中，石像和房屋都已经捐献给了慈善基金会。我的家人除了一张证书什么都没有拿到。他们千方百计地争夺我的财产，都被我用在这永生的石像上了。他们现在恨死我了，哈哈，哈哈哈哈。"

望着骑士，我突然觉得自己真的像个白痴，我的一切问题都那么无聊，我只好礼貌地问："我三心二意，不知道选择什么样的'置换'方式，你有什么可以建议的吗？"

石中人如果有表情，一定是那种高瞻远瞩型的。他回答道："过去属于死神，未来属于你自己。"

太原之恋

死神

　　生命究竟是什么？决定我成为我的，是我 210 斤的庞大身躯，还是这躯体上顶着的 6 斤多的头颅？我所追求的永生，是将这具躯体维护百年，还是抛却肉身，仅仅保留意识的存在？每每想到这个问题，我就想到白衣男的清心寡欲，无日无年；想到信息女的随心所欲，一日便是数百年；想到石中人的恬淡无为，数百年也不过一日。时间在他们身上都已消失，他们彻底摆脱了死亡的阴影，迟暮之年永远不会到来。

　　"他们三个只是'置换'后比较典型的个例而已。'置换'能提供的，是你想到而从不敢实践的人生理想。"杜老的话语随着我的思考总会在耳边回响，"你想要什么？"

　　我想要时间停住，却又希望它能流逝到我功成名就的那一天，再永远定格。那时，我虽迟暮，却依然神志清醒，记忆健全，没有伤残的肢体和持久的病痛，没有口齿不清、眼歪鼻斜，不会喘息着迈动沉重的双腿，跟在少年人身后喊："等等我！"……待我迟暮之年，我享受着退休后的清闲，时常会教训后生晚辈们："只有青壮年时代的勤劳工作，才能赢得保证晚年幸福的财富，获取终身自豪的荣耀！"原来，我最终怕的不是衰老，而是衰老后的丧失尊严。外公宁愿用自杀来换取体面的葬礼，无非也是为了这"尊严"二字。

这么想来，自葬礼起盘桓在心头的沮丧之气就减少了许多。倒是越来越觉得白衣男、信息女、石中人之流，他们的生活离我实在太过遥远，我若变成他们那样，就会过得不食人间烟火、寡淡无味。虽然儿子资质平庸，但好在心智正常，学习努力；老婆无甚姿色，但还算端庄贤惠，勤俭持家。职业嘛，只要我对现状不苛求，收入也足够周末野营钓鱼，辅以美食美酒。总之，有无数风花雪月等我享乐，我为何偏要耗尽家产去追求那所谓的长生不老？

我来到我的墓地上。国槐还在开花，黄绿的花瓣飘落一地，给墓体和墓碑以浓重的文艺气息。我的墓碑已经刻好，正面镶了我最得意的五寸免冠照，照片下刻了五个粗黑的宋体大字："李大壮在此"，背面是娟秀的楷体小字："他来了，他走了，一生好不潇洒。"原来想刻的那句话太长，石匠说刻上不好看。现在，墓碑上只缺死亡年份。看着照片上眼角眉梢都是青春快活的我，我决定中止我的"置换计划"，不做抵抗自然规律的逆天之事。

我从墓地出来，驱车进城，找了一家快餐店，打算吃饱喝足后，去向杜老解释我的决定。定金肯定没了，但这和我可能损失的人生相比不算什么。我得设法将赔偿金降低一些，不能让杜老太占便宜。

我要了双份的红烧肉，端到座位上，一边吃一边算计。甜糯、油润、弹牙的肉块，在我唇间打转，那滋味真是妙不可言。就为

太原之恋

了这个滋味,我也该留在人间。

突然,四五个男女冲了过来,猛然挥动手中的铁铲和棍棒,向正坐着喝水的一位妇女砸去。

我惊呆了。在铁铲和棍棒的起落中,那女人扑倒在地,额头和身体开始喷血。腥热的血气一下子就压倒了肉的香味,并四散开去。我想站起来阻止,但我的腿在发抖,我的舌头在打结,我的手在哆嗦。挥动棍棒的大汉踩踏着女人,还向我看过来,目光凶狠毒辣……我尿裤子了。

警察赶来的时候,我仍然端坐,却动弹不了了。我整个人都在抽搐,恐惧到了极点。那女人已经被拍打成一团肉泥,根本没有救治的可能了。

我的手机响。杜老出现在屏幕上:"你找我?你是决定了……"

"我决定了。"我哆嗦着说,像溺水的人捞着一根稻草。我目睹了一场屠杀,却无力上前阻止,死亡瞬间就发生在我脚边。我又要拿什么消解生命的脆弱和无常呢?

置换

在一位额头生了月牙状肉瘤的律师的主持下,我又和杜老签订了一系列的合同,包括苛刻到极点的保密守则,准备开始"置换"。我首先以海外工作为由告别了妻儿。其实，我前往的城市就在附近。我选择了最接近人的"置换"形态，尽可能让自己的外表与自然人没有什么区别，但我的血肉骨骼却将更换。我的新躯体，自然界的病毒细菌侵害不了，人类的棍棒斧钺也伤害不了，如果有子弹穿过，肌肤会瞬间自愈。我不必食用人类的食物，我将吸收阳光，回收身体动能，我的能量循环系统精确而高效。更重要的是，我有了一个高效工作的大脑，不会困倦，不会被风花雪月诱惑，能24小时在线接受信息并加以处理。我将告别作为人的种种享乐，但我却会得到商业上的成功和无穷财富。

"在我有生之年，"杜老向我保证，"我会负责提高你的生存技能，并赠送你价值不菲的二次'置换'。"

他必须保证！因为我把所有的财产都以抵押方式付给了他，而且我未来收入的20%也将归他所有。但这仍然不足以支付"置换"的费用，我只好将我人类的躯体——器官、皮肤、神经、骨骼、血液，甚至眼角膜都明码标价，通过黑市出售给渴求它们的自然人手中。这些物件从来供不应求，很快就被抢购一空。借助我的身体，一个车祸丧失双腿的老人站了起来，一个天生失明的女人看到了她的孩子，一个肾衰竭的学生得以继续学业……我也因此筹集到了足够的资金，正式开始了我的"置换计划"。

我被无数次推上手术台，服用无数药物，我真有些担心麻醉后的自己再也无法清醒。我恨白衣男任何时候都冷静的面孔，更

| 太原之恋

恨杜老在手术台前镇定自若的指挥。在他们眼里,我没有尊严,只是一个乞求永生的乞丐。我有些明白"置换"成功的低概率原因是什么了,要想改造自己,仅仅有金钱和想法还不行,还要有一种执念支撑着,任何时刻都不能动摇对"永生"的信仰。

我坚信我的目标可以达到,因为通过那一尺厚的合同我已经和杜老在经济上紧紧联系在了一起,他需要我的成功。

终于,我害怕又期待的那天来临了。我的全部意识,包括记忆和感知,都被彻底转移到了新的大脑中。我有几分钟的时间从外部观察原来的自己,这是第一次也是最后一次的直接观察——我平躺在手术台上,庞大的躯体依然温热,看上去仍能随时站起,谈笑风生。

"这真不可思议。"我对杜老说,"200多斤的这一团肉,它是怎样行动和思考的呢?"

杜老不和我啰唆,他命令护士带走我,以便马上开始对我的肉身进行切割拆解,打包出售。

"置换"后的我,相貌与原来的我并无二致,但体重减轻了80斤。我用了三个月时间学习控制新的身体,让肢体与思维协调同步。我能够像正常人一样走路后,便被送进石中人的意大利式房子,开始适应没有食物和睡眠却有充分感知能力的生活。杜老以前从不让"置换"者们彼此接触,现在为我破例,并非出自好心,而是为了提升我"置换"成功的概率。

白衣男一直对我进行监护，确保我的机械身体运转自如。信息女则教我如何深入数据的海洋寻找快乐。偶然，她会在手机中现身，与我和石中人一起阅读雪莱、拜伦，或者争辩玛丽创造弗兰肯斯坦究竟是为了谁。数百年前的这些文人，以他们的思想永生；像我这种没有内涵的人，就只好追求形式上的不朽了。

一年半后，我已经能够灵活自如地操纵我的机械身体，神态表情都与本来的我没有什么两样，也坚信自己可以返回人间。于是，在和杜老又签订了安全备忘录后，我回到了老婆孩子身边。我的样子，竟然把孩子吓哭了，老婆更是满脸疑色。我告诉老婆，西餐改变了我对饮食的热爱，辟谷和针灸拯救了我的体重，我已脱胎换骨再生为人。老婆听着我的长篇解释，就好像在听出轨男人的诡辩，满脸不屑一顾的表情。

家人勉强接受了我，但我的狗不肯妥协。这忠诚的家伙似乎识破了我的真面目，完全不理会我的宠爱，整日冲我龇牙号叫，甚至咆哮，有一天还试图袭击我。我只好请人杀了它。老狗倒下去的时候，曾经善良的眼睛中充满仇恨。老婆和孩子把狗葬了，我则在家中整理出许多狗的照片。老婆回来的时候，我正在一张张地烧掉那些照片。

老婆看着我，目光里没有了温度。"非得杀狗不可吗？"她问。

"是它先要杀我。我没办法。它疯了。疯狗对我们大家都是危险。"我振振有词。

太原之恋

老婆没有再问什么，但从此后她与我疏远了，孩子更是住校，一个月也见不上一回。在永生的时间长河中，家人都只是小小的浪花，我想到未来将主持他们的葬礼，内心竟然没有任何哀伤。

为了将我的财产逐渐交给杜老，我告诉老婆，我的公司运作不善，海外项目损失惨重，我需要动用家产赔偿。但为了还能保障她和孩子的生活，我把外公留下的宅子和土地赠予她们，并且和她离婚。

老婆没有和我纠缠，默默地接受了我的安排。带孩子搬出去的那天，老婆忽然对我说："大壮，狗狗攻击你，是因为它觉得你越来越不像人了。我也这么认为。"

我笑问："那你觉得我像什么？"

老婆说："我不知道。我只希望你别做坏事。"

追求永生算不上坏事，甚至就不是个事，它存在于人类的遗传基因中，是生命永恒的主题，时刻都在激励人类去探究生命的尽头。

"哦，你想哪儿去了。我会尽力照顾好你和孩子。"我信誓旦旦，"虽然离婚，我们还是亲人啊！"

从此，我就和老婆孩子分开了。这娘儿俩卖掉外公的宅子和土地后去了边疆，在那里开拓土地，建设新城。

多年以后，我来到这座新城，在医院探视垂死的老婆。我的孩子在几年前以身殉职，他的孩子——我的孙子侍奉在奶奶床前，看到我便转身离开，连一声"爷爷"都不肯叫。

老婆说："这么多年过去了，你好像就只老了一点点。"

我说："现在生活好了啊，人老得慢。"

老婆笑："得了，你在做什么，你追求什么，其实我都知道。"

我吃惊不已，多年前老狗袭击我的情景突然浮现，我本能地握紧了拳头。

老婆说："狗死后，我用了一点时间和精力调查。我有一阵子还很纠结，一个人为了永生，怎么就可以变得无情无义。后来我明白了，你追求不死，就只能极度自私。但我和孩子做不到只为自己活着，我们更愿意用毕生精力创造对别人有价值的东西。在这座城市，我有好几千学生，我把他们带进知识的大门，教会他们如何学习，如何做人；而我的孩子，他抓捕罪犯，维护治安，用生命捍卫城市的安宁。我们会死，但我们死得其所。而你这样的永生，"老婆的神色无比鄙夷，"为了永生的永生，毫无意义。"

永生

意义？抵抗死亡就是意义所在。我从没有浪费一分一秒的时间在其他事情上。我对得起自己，我已成为"置换"者中的成功榜样。我用头脑为杜老赚钱，以换取他对我身体不断进行的软件升级和硬件维护，而很多"置换"者却再也无力支付维护费用，倒在了通往永生的道路上。

时光荏苒，转眼我已经开始领取政府的"百岁老人补贴"，此刻，我的心态已经彻底成熟，终于不再留恋人形，进行了二次"置换"。

白衣男为我主持了手术，这手术对他很简单。二十分钟后，我的人造大脑就被移走了，第二个我在手术台上渐渐变成"僵尸"。这具躯体毫无用处，只能赶紧火化了事。

在一个微雨的下午，我和白衣男以李大壮好友的身份主持了李大壮的葬礼，将他的骨灰盒埋入墓穴。出席葬礼的只有我们两个。李大壮的所有直系亲属，都已经先他而去，长眠地下了。

现在，终于可以为李大壮的墓碑填上死亡时间了。李大壮是个风趣幽默的、可以掌控自己命运的人，他顽强地活到了114岁，终于在比大多数人都活得长的岁数欣然离世。

我和白衣男绕到另一片墓区，杜老的坟墓位于此处最僻静偏远之地。墓体很小，墓碑上除了杜老的名字、照片和生卒年月，别无其他。

"我始终难以相信他没有'置换'。"

"他在生命最后二十年享受着你们创造的财富，已经心满意足，不愿意再为'置换'者的将来负责了。永生毕竟只是少数人享受的奢侈品。"白衣男说。

我们站立了好一会儿，直到雨大了起来。

"走了。"我说。

我的附肢立刻组合伸展，变成四组旋翼。我缓缓上升。在自然人看来，我应该是一台无人旋翼观察设备。

白衣男仰头，目送我离开，嘴唇动了动，似乎在说："再见！"

我想他的意思是"再也不见"。

越往上飞，雨越小了。云层上面，是晴朗的碧空。

前路还无比漫长。

待我迟暮之年，不知那是何年。

高塔下的小镇 / 刘维佳

进化的重担

太原之恋

一天的劳作终于结束了。我从麦田里走出来,小心地坐在田垄上,从陶罐里倒了满满一大杯凉水,敞开喉咙痛快地喝进肚去。清凉的水顿时消除了燥热。我伸展四肢,使劲伸了个懒腰,深吸一口气将胸膛撑得鼓鼓的。吐出热气后,我感到那种劳动过后特有的舒适感正在从内心深处慢慢向全身渗透。

沉甸甸的麦穗在轻风中摇荡出奇妙的波纹,滚滚麦浪令我赏心悦目。风儿将麦田的清香和泥土的热烈气味吹入我的鼻孔,我怀着吝啬的热情,一点点地享受着它们。又是一个丰收年啊,地里呈现出一片生机勃勃的绿色。我感到极大的满足,快乐如同泉水在我全身迅速流动。

马上就要大忙特忙啦。收割麦子是头等大事,也是最累的,之后,得赶在商队到来之前把麦子打出来;还要先将那份与口粮数量相等的应急储粮交到围绕着高塔塔基建造的半地下式公共粮仓里去,然后,再将口粮储存到自家地窖的大瓮里……每次麦收后没多久，商队便会成群结队而来。这时，人们可以用富余的麦子和上年用余粮酿的酒与商队交换所需要的物品，诸如布匹、奶酪、金属工具、调味品等。最令人惊叹的是发达地区所制造出的种种东西：计时的钟表、效力极强的医疗药品、高效肥料之类……贸易会结束，还有得忙：家里果树上的果子要收获下来并制成果酱或果干，菜地里的蔬菜成熟了要收获储藏，沼气池也要清理，将发酵后的残渣掏出还田，再将切碎的秸秆撒进去，为家禽牲畜准备过冬饲料……这一切都是我和父亲的责任，而母亲则要为我们做饭，缝制、洗涤衣服……一年到头也累得够呛。在我们这个小镇，男人们的力量化为汗水洒在了泥土里，女人们的青春在操持家务和养儿育女中消磨了……这就是生活，我们必须付出一生的艰辛才能维系它的正常，镇上的四千个家庭都是这么过的，这种忙碌却自给自足、乐在其中的生活已经持续了……三百多年啦。

我将头使劲向后仰，观望我们这小镇的保护神——高塔，白色的圆柱形的高塔宛如一柄长剑，插在蓝色的天空中。

就是它保卫着我们的这种生活。这座一百多米高的白塔是三百多年前我们祖先修建的，真该感谢他们的远见。当年，他们这群救生主义者认定世界性的毁灭战争已不可避免，于是选中了这片土地，修筑了藏身之所，尽可能地储存了物资，为将来能在战后混乱的世界上生存下去而做着准备。大战过后，劫后余生的他们立刻着手修建了这座久经他们设计验证的高塔。至于那一场

太原之恋

疯狂战争的爆发原因，已经随着早已崩溃了的文明消失在时间的洪流中，搞不清了，也没人关心了……据说，极为辉煌的过去现在已无人愿意问津，但是先辈们所说的一句话却穿透时空完完整整地保留了下来："生活理应是轻松而幸福的。"

最后，历经千辛万苦，这座白色的高塔终于坚固稳当地站立在镇子的中央；于是，他们终于拥有了一个世外桃源，可以在这乱世之中安全地生存下去了——在高塔之顶的圆形瞭望楼里，有一台能摧毁一切的制造死亡之光的机器，还有一双昼夜监视四周情况的不知疲倦的眼睛。高塔履行使命的原则很简单：以塔基为圆心，半径五千米以内即为禁区，外来者进入即杀！

高塔的威名如今已远播四方，路过的旅人无不敬畏地绕道而行，但每年总还是有那么一些笨蛋有意无意地置高塔的原则于脑后，结果无一例外地被死光劈杀。他们中有些人确实不是存心来碰运气的，这些人死得稀里糊涂，但高塔不管你有何理由、是否冤枉，它铁面无私、冷酷无情，只知进者必杀！正因为如此，每年贸易会的情景甚是有趣：双方聚到那道一米宽的、一直不能长草的"生死线"旁，互相展示各自的货物，展开砍价大战。买卖谈成之后，双方各自向对方抛出绳索，将对方的绳索系在自己的货物上，然后同时用力，将对方的货拽过来。交易一般很公平，据说，很久很久以前发生过几起奸商拿了我们祖先的粮食却又耍手腕把已卖出的货物又拽了回去的事，不过这种事已经久远得成了传说，因为那些奸商都被我们的祖先击毙了，从此再无人敢贪这种小便宜。至于我们，从来没有耍过赖，因为多余的粮食在我们这里并没有什么用处，不用于交换就只能任它烂掉。

我举目环视这片我们世代生存的土地，只见目力所及之处全是一望无际的麦田和草地，就在这横无际涯的绿色海洋里，高塔保护着一个直径一万米的伊甸园。说到选址问题，实在妙不可言。这里的土质没得说，水也不成问题，随处都可以打出井来，并且还有一条小河横贯小镇。有了这两样，生存就有了保障。这里的自然条件也很好，灾祸很少，地质构造也稳定，我一直没感受到过传说中的地震的可怕。

以高塔为圆心，半径约九百米之内，是居住区及仓储区，那儿的每户人家都拥有一座配有牲口棚、沼气池和地窖的两层住房，人们就在那儿一代又一代地重复上演人类的生存之戏。居住区外是耕种区，田地每人五亩，绰绰有余。介于居住区和耕种区之间的是果树林带，每户都拥有果林的一部分。我们所需的生活资料绝大多数都由田地和果树提供，当然，你得凭力气去换取。

我躺在被阳光晒得热烘烘的土地上，双手枕在脑后，仰望着没有一丝云彩的蓝天，满眼温柔的蓝色令我惬意地微笑起来。我很高兴，我很快乐，因为我有力量换取幸福的生活。我从小就随父亲操持农活，两三年前我就是公认的一流种田高手了，而在这里只要能种好田，生活中就不会再有恐惧、忧虑以及压力了，所

太原之恋

见到的将只有明媚的阳光……我的心脏开始发热。我知道当情感袭来之时理应好好利用它,于是,我随手扯了根草叶叼在嘴里,将思绪移到了水晶的身上,回忆着,思索着。

我很爱水晶,因为我一直觉得她是个特别与众不同的女孩儿。我们从小就和许多孩子在一起扎堆儿玩,水晶总是吸引着我的视线。我常常专注地看着她,一看就是好长时间,而别人干什么我都不在意,除非与她有关。我很早就问自己这是为什么。水晶确实漂亮可爱,但她独有的魅力显然并非源自容貌;她所散发的魅力可以轻易直达我的心灵深处,令我怦然心动,而别人谁都不行。我不明白这是为什么。

后来,经过认真的观察和分析,我渐渐地发现这女孩最大的特点,是她的感觉力和想象力超群,她可以轻易地从世间的万事万物中将美信手拈出,小至草叶露珠大至蓝天云朵,仿佛其背后都蕴藏着妙不可言的美好世界以及撼人心魄的浪漫故事。那个美丽的世界攫住了我的心,令我无限向往无限留恋。所以,我一见到水晶,心跳就不规则起来……我渴望能一直和她在一起,因为那样我才能完全拥有一个美好的世界。若能娶到这样的女孩子,我这辈子还奢求什么呢?我无比真切地意识到:我爱她,无论如何,我一定要让她成为我的妻子……为此,我得想尽办法接近她。

然而,情绪高涨了片刻之后便趋于低落,苦恼占据了我的心。这两年来,我和水晶之间出现了危机,这让我苦恼,然而她却没有意识到，因为这危机的根源，就是她的理想。我非常爱她，所以我尊重她的理想，于是这两年我尽力忍耐着，一直没向她摊牌。结果，这两年我是在焦躁不安和惶恐的陪伴下度过的，而且危机还在扩大，我不知该怎么办，时间似乎已不多了……

我双手撑了下地，站了起来，吐掉嘴里苦涩的草叶，握紧了拳头。我决定了：去向她摊牌吧，勇敢些，别再犹豫了。全力劝说她放弃她的那个理想，是我避免失去她的唯一机会。

每一次从田里回到居住区，我都可以看见小镇的心脏——广场。我凝视着此刻几乎空无一人的广场，脑中浮现出了农闲时或节日里这儿举行歌舞集会时的热闹场景。那时，镇长会取出那个神奇的黑匣子，播放歌曲给我们听。只要将那些闪着光的碟片放一张进黑匣子，它就能播出几十首歌曲，当然，还得有高塔提供的电才行。从小我就喜欢听那些歌儿，喜欢得直想掉眼泪。那些歌儿都是我们祖先的那个文明创造出来的。虽然大部分歌曲所用的语言在今天已消逝，我们不可能再理解它们所表达的意义，歌中流淌着的是我们不知道的故事和不曾拥有的人生体验与感觉，这令人感到怅然和伤感；但是，它们的旋律能引起我身体里每一个细胞的共振，使我能抽象地感觉到它们的存在。这些歌曲具有和水晶类似的力量，可以唤起我心中的美好情感。

将目光从广场收回来之后，我踏着居住区平整的石板路向图书馆走去。

太原之恋

五米宽的街道干净而整齐，右边是最里层的住户，左边就是环绕着塔基修建的仓库之类的公共建筑，图书馆亦在其中。水晶此刻很可能就在图书馆里埋头苦读。水晶可不是那种什么也不懂的傻乎乎的天真少女，她是一个将知性与感性和谐地集于一身的女性，从小就爱看书和思考。

"吱"的一声，我轻轻推开阅览室的木门。

室内空无一人，老旧的桌椅还算整齐地摆放着，上面多落满了灰尘。现在仅靠父辈言传身授即可轻松应付生活，谁还愿看什么书？只有那些天性不安分的人才来这儿消磨时间，水晶就是其中的一员。就是这间不太大的房子占去了水晶生命中的很大一部分时间。图书馆里堆着数千本书，每一本中都充满了各种问题，也许我们要再过三百多年才能知道答案，水晶她又何必坚持这种无望的探索？水晶的问题就在于她的心灵无法安分守己，想得太多了。要知道，宇宙广袤无垠，世界复杂无比，试图把一切问题都琢磨透，只会自讨苦吃。这丫头……

我静立于阅览室中，凝视着从窗口射进来的光柱中浮动的灰尘粒子，耳朵捕捉着楼上的声音。一分钟后，我认定此刻没有人在图书馆里借书，那么她一定是在望月那儿听他"传教"了。这让我很不高兴。我不愿意到望月那儿去，但此刻也没别的什么办法。于是，我退出阅览室，轻轻关上木门，向果树林子走去。

望月的演讲会，全镇闻名。他总是在果树林子的固定地点不定期地举办这种演讲会，宣扬着一个异常危险的思想，那就是：我们应该跨过那道"生死线"，到外面的世界去！

望月这个人，可以说是全镇年轻人的首脑。他从小就是个野心勃勃、喜欢哗众取宠的人，总是在竭力谋求着在孩子们中的领袖地位，他不能忍受谁给予大家的印象比他还深刻。平心而论，他还是有些天赋的领导气质的，所以在他半大不小的时候，身边就聚集了一批一摸猎枪就热血沸腾的少年。这伙人厌恶种田，整天跟随望月扛着枪在镇子的闲置地里四处射猎，把野兔、狐狸和各种飞鸟打得浑身是洞。

我不理解他们，我对枪和杀害小动物都没多大兴趣，对我而言，种麦子要有趣得多，看着麦苗一点点长高并最终结出饱满的颗粒，可以令我获得相当的成就感。不过，那时我对他们也仅仅只是不理解，还不怎么厌恶。

等望月在演讲会上亮出了他的主张之后，我对他的厌恶情绪一下子涌了上来。他荒谬危险的主张令我震惊，而他讲得天花乱坠的理由又令我恶心，我知道他真正的动机是什么，他在撒谎。我觉得这人心理十分阴暗。

然而不幸的是，水晶居然赞同他那荒谬绝伦的主张！

两年前的某一天，水晶突然异常激动地向我宣称她的思考有了重大突破！她说她发现了我们这镇子里不正常、不自然的地方，即：我们的镇子居然不进化！那段时间，她像着了魔似的一有所悟

太原之恋

就向我陈述这个镇子没有进化的具体表象：三百多年来，小镇上的生活几乎完全没有变化，商队带来的商品品种越来越多，可我们只有粮食；小镇没有历史，每一年都没有什么不同，人们如昆虫一般地生存和死去，什么也没留下，没有事迹，没有姓名，没有面目，很快便被后人彻底忘却……镇上的人口很早就恒定不动了，一切都和谐无比，尤为奇妙的是没有一个人违背清苦淳朴的民风放纵自身的欲望……她说小镇与整个世界很不谐调，说我们的小镇已经凝固在时间的长河里了……

于是，我花了很多时间仔细琢磨进化的含义。但凡水晶所关心的问题，不管我是否赞同，我想我都至少应该努力弄懂，因为这将有助于我了解她。可在我尚未彻底领悟之前，她就已经和望月走在一起，加入了他的团体，开始为将来的出走做着准备。这让我感到惊恐和焦虑。不论是谁，一旦跨过了那道生死线，就再也不可能回来了。高塔是分不清进入者究竟是不是在镇上出生的土著居民的，反正只要是从生死线外进来的统统格杀勿论！小镇建成三百多年来，还从未有一个人走出去过。但现在许多年轻人都赞同望月的主张。我无法理解他们那要出去的强烈愿望，我无法像他们一样轻松地视那铁一般的禁忌如无物，每次靠近生死线，我就不寒而栗，我害怕失去我的土地、我的麦子和我自食其力的生活。

刚进果树林子，我就听见了望月的声音，真令人讨厌。就是这个人偷走了我的水晶。他还在撒谎："……我们浪费了多少时间和机会了？三百多年前，大战刚刚结束之时，这颗星球上散布着成千上万的文明火种，可现在它们大部分都消失了。大的文明势力吞并小的文明势力，此乃势所必然，是铁的规律！将来的世界必定将为它们其中的某一个所独占或被几方瓜分。创造历史的只可能是强者，弱者只能充当铺路石……我们本来是有机会加入强者的行列甚至凌驾于其上的！当初我们的基础相当好，有六千人，还有大量的武器、机械、优良的粮食种子，这些资本本可以供我们迅速扩展居民人数和势力范围，但祖先们却将它们消耗在了这座莫名其妙的高塔上。这是一个极大的错误！祖先们只看到了乱世之中安全的重要性，却完全忽视了发展！真是可惜！要知道，在这个世界上若想不被别人吞没，只有拼命发展、壮大，抢先吞并别人！这片平原的面积起码是我们小镇的一百倍，如果当初一开始就放手发展的话，现在我们的势力早遍布整片平原了，人口起码也有三四十万了，这样一来，我们将成为这颗星球文明复兴过程中的一股不可轻视的力量，我们将成为历史的一个重要部分！可是看看我们的现状吧：苟且偷安，用压抑发展来获得安全。这是没有出路的！若不迈出这镇子，我们就注定只能是一支无关紧要的弱小势力，不可能有大作为，只能处于整个世界的风云变幻之外，听任潮流的摆布。最好的境遇，也不过像块石头似的待在原地，被时代越抛越远……这就是我们的命运。你们甘心成为历史

太原之恋

大潮中的一颗无足轻重的小石子吗？如果你们不愿意这样，那就请跟我一起走出这没有前途可言的小镇，到外面的广阔天地中去！请相信这是我们得救的唯一途径。高塔总有那么一天将不能保护我们，那时肯定就是我们的末日！这种时刻可能很久才会降临，也可能一分钟之后就会发生！时间无比珍贵！让我们马上行动吧！我们先要在平原上站稳脚跟，然后发展、壮大，建立军队，向外扩张、占领、征服、攫取……"

他说到这儿时，我已经坐到了水晶的身边。她乌黑的长发披散在双肩上，亮闪闪的眸子格外漂亮，可惜我从未彻底知晓这一泓秋水之后所隐藏的一切。

我用右手轻轻拍了拍她的右肘。"走吧。"我凑近她的耳边轻声说。

"他还没讲完呢。"她说。

"几年来，他一直讲的就是这些个玩意儿，你还没听够啊？走吧，我有话跟你说，很重要。"我撺掇着。

她低头犹豫了一下才说："那好吧。"说完，她就马上站起身来。这女孩儿从小就是这样，说得出，做得到。

我急忙也跟着站了起来。这时，我看到望月的目光向我们移来。我面带微笑地冲他挥了挥手，说："您慢慢忙着。"在转身的最后一瞬，我注意到了望月眼中一闪而逝的不悦之色。我努力克制着，不让自己笑出声来。我就是喜欢看他眼中的这种神色。

走出果树林，阳光又将我们笼罩。天边的云彩鲜艳得直如节日舞会上的鲜红果汁。有水晶在我身边，我心旷神怡，认为天堂之门已为我开启。我看着身边微微低头随我一同前行的水晶，只觉得她美得令人目眩。鲜红光芒笼罩中的她，宛如正在火中行走的仙女。我觉得此刻我就是在天堂中漫步，真想和她一直走下去，永不停步！

水晶的问话打破了这美好的寂静："哎，你想说什么啊？"

是啊，我想说什么呢？我想说，我很爱你啊！我想说，放弃你的理想，嫁给我吧！可我没有胆量这么直截了当地说。

十秒钟后，我找到了话题："你觉得望月讲得怎么样？"

"不错。"她说，"他的口才很好，年轻人都爱听，说的也很有道理。"她的口气比较随便，听起来她似乎对望月并没什么特殊的感情，这让我很高兴。然而她仍然赞同望月的主张，这又让我着急和害怕。

"你们真的……要走吗？"犹豫了一阵，我终于小心翼翼地问道，"我是说，你们真的要离开镇子吗？"

"是啊，"她随口回答，口气就好像这事如同日出日落一般理所应当、势所必然。

"为什么？为什么一定要走？这镇子不好吗？"我说，"你们为什么不喜欢这里的生活呢？为什么要抛弃小镇？"我将这两年来一直萦绕在心头的不解与迷惘向她倾诉了出来。

> 太原之恋

"因为它不能进化。"她干脆利落地回答。

"为什么一定要进化?"我立刻追问。

"因为整个世界都在进化,一切的一切。我们作为其中一部分,没有任何理由拒绝进化,对吧?"

她说得似乎合情合理,我的脑子转得又不怎么快,一时只好沉默。

"在这个不正常亦不自然的镇子上生活,我们真的能无忧无虑没有烦恼吗?"她目不转睛地凝视着我的眼睛,那黑幽幽的瞳仁宛若深不可测的深渊,"这镇子唯一的失衡之处,就在于我们的心理。在小镇日复一日的、千篇一律的生活中,我时常感到心慌意乱,经常因为空虚而伤心。我眼睁睁看着时间一天天地流逝,生命一点点地离我远去,而我却连自己为什么而生又为什么而死都弄不清,只能浑浑噩噩地混日子,消耗生命,这让我一想起来就惊恐不已。为了找到生命的意义,我一定要走出去!"她很动情地大声对我说。

"可是你能肯定出去之后一定能找到你所渴望的那些东西吗?"我低声说,"或许你什么也得不到,只是徒然地失去了一切!这值得吗?"

"我可以肯定我一定能找到一样我们这儿没有的东西。"她说。

"什么?"

"希望。"她说,"我们的镇子里没有希望。不进化就没有未来,一成不变的生活将一直持续下去,最终的结局就是望月所说的高塔不再保护我们……有了希望就有了一切，可我们这儿却没有希望……"

"可这儿也没有绝望！"我大声说，"别听望月的胡言乱语，那个最终的结局离我们还极其遥远！这镇子还有足够的存在时间供我们度完余生。至于我们死后的事，已与我们无关，我们何苦惶惶然不可终日？外面是一个凶险的世界，以邻为壑就是那儿的人们最基本的生存原则，在那里，人们互相伤害，纷争无休无止，一切都纷乱不堪。这也叫有希望？你没听过商人们所讲述的那些故事吗……"水晶的头缓缓低了下去，看上去她在心中无法否定我所说的事实。这让我备受鼓舞。

"水晶！"我乘胜追击，"不要再考虑什么意义不意义了！意义那玩意儿纯属子虚乌有，千万别被它迷了心窍……你不要再和望月那帮人搅在一起了。那浑蛋讲得倒是天花乱坠、头头是道，但他在撒谎！我知道他真正想要的是什么，他才不在乎什么进化不进化、意义不意义，他真正要的是权力！是的，权力！我们这小镇上没有权力，社会是靠成年人自觉克制自身欲望来平衡和维系的，镇长只是可有可无的东西，这里没有真正意义上的权力。而望月这人的权力欲又特别强，所以他才狂热地鼓动大家出去，一出去，他就可以为所欲为了。你没听见他要干什么吗？他要征服，要掠夺，要扩张，要杀戮！天哪，你怎么能追随这种人？他不是你志同道合的朋友——"

太原之恋

"这不重要。"她平静地说,"每个人心中都有属于自己的理想。我追求生命的意义,望月追求权力,别人也许在追求着别的什么东西……各人的具体理想都并不重要,重要的是我们大的目标一致,那就是走出这镇子,参与进化。眼下这个目标最重要,为了拥有足够的勇气与决心,我们必须相互依靠、相互激励。只要一出去,我们就都能找到实现各自心中理想的希望了……"

"那我呢?"我脱口而出。

水晶怔怔地望着我的眼睛。

"你走了,我怎么办?"我不想再拐弯抹角了,"留下我一个人孤零零在这儿,对我公平吗?水晶,你想过我吗?你在意过我吗?我……我是多么爱你啊!几年前我就意识到这一点了。每一次见到你想到你,我的心都直发颤,就是这种感觉,错不了的……别走,留下来吧……和我一起生活……嫁给我吧!我……我会种地,我是一流的种田好手,我能让你过上轻松幸福的生活……"我不能再说下去了,因为我的双唇和牙齿在剧烈地颤抖,整个人都抖得很厉害。

但是水晶却垂下了双眼,我看见她的脸颊开始泛红。我们之间陷入了沉默。这时,夕阳开始缓缓没入地平线,黑夜的影子已悄然显现。

良久,她缓缓抬起头:"阿梓,谢谢你送我回家。"

她就这么走了,头也不回地走了。她的身影很快消融于浓重的暮色之中，看不清了，不见了……她走了之后好久，我仍旧伫立在原地，望着她身影消失的地方。时间仿佛已经死去，我的思绪凝滞了，全身不能动弹。这种状况一直持续到黑夜彻底占领大地，家家户户的窗口灯光摇曳的时候，我才如梦方醒。我又地呆立了一阵子，终于迈动沉重的双脚，向我的家走去。

一转眼，麦收时节到了。

这是段忙碌的日子。家家户户的主要劳动力都得手挥镰刀，汗如雨下地下田收割；而女人和老人则要在家忙着烧水做饭，清理晒场，修理农具，搞好后勤。每一个人都忙得不行，时间是不等人的，迎接商队可以说是一年中的头等大事。然而我爱这段日子，爱这种充实的劳累，以及期盼商队的兴奋。

商队的到来，带给了我们缺乏的盐、油料、洗涤用品、布匹之类的必需品，还有许多构思精巧可以帮我们在生活中投机取巧但却并非必需的奢侈品，同时，他们也带来了一个惊人的坏消息：北方的黑鹰部落由于今年遭遇罕见旱灾，整个部落有组织地集体南下，准备以劫掠农庄和城邦来渡过难关。他们已经荡平了两个村庄，初步实现了自己的愿望……像这样红了眼、豁出去了的流浪部落，即使是强大的城邦也惹不起，他们就像瘟疫一样，谁碰上谁倒霉。

然而令我们吃惊的是，商队明确无误地告诉我们，这个黑鹰

| 太原之恋

部落对我们这个小镇兴趣最浓!

同样令我吃惊的是镇上的长辈们似乎对这消息无动于衷,他们依旧若无其事地干活、吃饭,和商人们砍价、交易。我知道他们见过更大的场面,但是我没有,我想象着漫山遍野饥饿的人群冲过来的场面,心里直打鼓。

这支商队走后,一直没有新的商队到来。小镇在平静安闲之中打发了 12 天的时间。这期间,人们不紧不慢地各忙各的,似乎完全忘了有可能逼近的危险。镇长甚至举办了两次歌舞会,像往常那样用娱乐来调剂小镇单调的生活气氛。这两次集会我都去了,依然在震撼人心的歌声中尽情享受着生存的幸福。但是到会的年轻人明显减少了,水晶也没有露面,对我而言,舞会上没有水晶,气氛就平淡了许多。

第 13 天,随着初升的朝阳,远方的地平线上出现了黑压压的人影。

不一会儿,居民区的街道上就站满了人,人们翘首等待着塔上拥有望远镜的观察员通过广播传达的观察结果。

随着黑鹰部落一步步逼近,有关他们的基本情况也逐渐清晰起来:这个部落人数在 2.6 万人左右,最前方是约 1000 名的壮年男子,均全副武装;中间是由牲畜或人力拉拽的辎重车辆和妇女儿童,以及部落的主力武装;最后又是 1000 名武装男子。以他们的前进速度,下午 4 点左右即可抵达生死线。值得注意的是,这个部落中老年人不多,看来他们已经妥善处理了这些"拖后腿的包袱"……

镇长的命令下来了:全镇成年男子全部自备武器前往各家的果林区,组成最后一道防线,以防万一。

上午的剩余时间里,我和父亲在家中仔细擦拭家里的那两支猎枪。

黄澄澄、胖乎乎的子弹油腻腻的,给我的感觉很陌生。因为我这辈子只打过三发子弹,而且还是父亲装填好了的。枪在我们这儿的用途只是打打鸟雀小兽,再不就是用来作为与商队交易时的公平保证,能派上用场的机会不多。

父亲擦枪时沉默不语,我从他眼中看出他并无恐惧之情,而是心中另有什么复杂的感情。我想问问他,却又不知该从何说起,遂作罢。

母亲则在忙碌地为我们制备干粮和饮水,她在竹篮里放了果干、咸肉、奶酪、熟鸡蛋,水罐里也撒进了薄荷,父亲的酒壶里装上了最醇厚的陈酒。在她看来,我们好像只是去野餐的。

准备停当,我和父亲背好猎枪和子弹袋,他还提着酒壶、水罐、食品篮,我则背上卧具,一起向果树林子走去。

这真是热闹非凡的一天。阳光明媚和煦,街上到处是身背猎枪,手提食品的男人,家家户户的厨房都冒出腾腾热气,孩子们爬上自家楼房的天台,一边咬着蘸了蜂蜜的麦糕,一边好奇地望

太原之恋

着远方模模糊糊的人群。小镇的空气中弥漫着过节一般的气息,天哪,我喜欢这热闹的场面和节日般的气氛。

从下午4点开始,黑鹰部落的成员们渐次抵达生死线,他们有条不紊地在那里扎下营来。

黄昏时分,一道道炊烟从对面的营地里升起,在天边鲜艳晚霞映照下,这道景致竟是那么动人。我怔怔地凝视着这画一般的美景,一时间竟忘乎所以到了丧失时间感的地步,只觉得仅一刹那工夫,天色就黯淡下来了……

寒森森的月亮升起来了,猎枪在我的怀里散发着寒气。我今天所见到的景象已烙在了我的脑海中,我爱今天小镇节日般的气氛,也爱傍晚时分在夕阳金辉映照下被如雾的炊烟笼罩着的部落人群,这样的美使我分外留恋生命,害怕死亡。我不能理解即将发生的冲突的必要性,我不明白黑鹰部落为什么要来进攻我们。依水晶的说法,我们与他们唯一的不同,就是我们不必进化而他们仍在进化……进化究竟是一种什么样的感受?

一连串的炮声骤然响起,明亮的绿色死光划破夜空,连续闪现!我头皮一炸,神经质地甩掉羊皮毯跳了起来,端起猎枪紧张地扫视四周。但月光笼罩下的大地一片寂静,什么也看不清,除了残留在视网膜上的死光的余韵。

"怎么回事?"父亲略带紧张的声音从我身后传来,他也被惊醒了。

"没什么,高塔发射了几道死光,除此之外,没什么动静。"我故作镇定地说。竭力克制着因刚才的惊悸造成的颤抖,我现在已经是个成年男人了,得像个样子,我不想永远做个孩子。

"喔,他们想趁夜摸进来……这可大大地失算了。高塔夜里照样看得见,白赔几条人命罢了……"父亲一边说,一边重新躺了下去,不一会儿又睡着了。

我深知他此言不差。没人进来的话,高塔绝对不会发射,而高塔从来都是百发百中的,生死线之内现在肯定躺着不少尸体。

下半夜,和父亲换班之后我很困,再加上高塔大大增强了我的安全感,我很快就沉入了梦乡。

天亮后,母亲送来了早饭,看着我狼吞虎咽的样子,慈祥的爱意充满了她的双眼。母亲的关怀和热乎乎的麦糕令我分外留恋平常的普通日子,我真希望昨晚的那几个送死的人能令黑鹰部落认清现实,从此知难而退,这样那些人好歹也算没白死。

然而他们显然有不同的看法,九点钟的时候他们开始了新的行动。他们居然将一门长身管的火炮推到了生死线的边缘上,炮口指向高塔。通过阅读图书馆里的书,我对这种凶器有着初步的了解,而我们高塔上的那门电磁大炮在驱散冰雹云时的精彩表演更使我对这种武器的可怕威力有了直观的认识。我知道这东西发作时声如雷鸣,弹着处断壁毁楼,破坏力极大。真不知他们是从哪里弄来了这种野蛮的物件?

太原之恋

正惊异间，只见那门大炮炮口火光一闪！

几乎就在同时，一道绿光也在空中闪现了一下。

接着，不知是什么东西在空中猛然爆炸了！

弹片噼里啪啦地落在已收割后的田里，溅得尘泥飞散，犹如雨点打在小河河面上。没过多一会儿，爆炸声传来，虽然声音已不算震耳了，但其凶猛的气势未减，仍能向我们展示出暴力的可怕。

紧跟着死光射出，火炮那儿立时腾起几股白烟。向小镇抛射高塔认为其速度超过安全标准的物体也违犯了高塔的安全原则，高塔可以采取措施，消除危险源。

之后，那门火炮再也没有发射，极可能再也无法发作了。

直到天黑，他们再没什么新的动作。高塔连他们这样的王牌手段都轻易化解了，可能他们已无计可施。

连续三天，黑鹰部落毫无动静地待在那儿，并不想法进攻，但也不走，不知他们还想干些什么。

第四天中午，高塔上的那一门电磁大炮突然发作了！

炮弹打在生死线之内，着地时并没有爆炸，而是深深地扎入了地下，片刻之后，爆炸才发生。那场面犹如火山爆发一般，黑色的烟尘和着泥土腾起三四十米高，煞是吓人。

"原来他们想挖地道，从地下钻进来。"父亲望着正在散去的尘泥说，"这没用，躲不过高塔的眼睛，以前早就有人试过了。"

"如果加大地道的深度呢？再挖深些也许就行了，我不相信高塔的眼力没个止境。"我说。

"这是不可能的。小镇的地下水脉纵横，加大深度极易造成塌方。这镇子从地下是无法攻破的，淹不死、压不死的除外。"父亲说。

我默然望着尚在冒烟的爆炸点，心想不知又有多少人断送了性命。

接二连三的失败并未令他们死心，翌日清晨，他们又亮出了新招数。

这一回他们挑出了一百个成员，他们一字儿排开，列在生死线旁。

不久，观察哨报告说那一百人全是老人。

父亲神色凝重，一言不发地掏出了祖父传下来的机械怀表，紧张地望着那些人。

突然，一个骑着马的人手中的步枪朝天喷出一股白烟，那一百人竟然立刻冲着生死线狂奔起来！

绿色的死光冷静地连续闪烁，奔跑中的人一个又一个地倒下。倒下的全死了。这是我第一次亲眼看见活人被剥夺生命。我感到寒冷；我克制着不让自己颤抖。然而，其余还活着的人仿佛没有看见一般，只管埋头狂奔，似乎他们有绝对的把握可以冲入居住区似的。

事实证明，他们纯粹是在自杀，他们一个不漏地全被死光放倒在了地上。

"25秒。"父亲合上怀表盖，轻声说，他脸色十分苍白。

"他们这么干是什么意思？纯粹送死嘛。"我不解地问。

太原之恋

"他们想弄清高塔杀人的速度有多快……"父亲双眼直勾勾地望着已经空无一人的麦田回答,"但愿他们不要……但愿……"他喃喃地说。

我低头盘算着。杀 100 人要 25 秒,1 秒钟是 4 个人,从生死线到果林不足 4000 米,一个人跑步只需要十七八分钟,就算 20 分钟吧,20 分钟是 1200 秒,这期间高塔只能杀死 4800 人,算 5000 人吧,也还不及他们整个部落的零头……我的脸也白了。

空气骤然紧张了起来,人们不安地张望着,双手不离自己的猎枪或者砍刀。

对面的黑鹰部落调动频繁,明显是大行动的征兆。

下午 4 点,灾难降临了!

随着一阵海啸般的呼喊,早已集结好了的人群向我们小镇发起了冲击!洪水般的人浪席卷过来,排山倒海一般,令人毛发倒竖!

不过,高塔显然对此无动于衷,绿色的死光准时闪现了起来。令我意外的是,好几道死光竟是同时闪现的,高塔在四面开火:原来它的火力发射点不止一个!

狂奔中的人们如同镰刀下的麦子一般连连倒下。冲在最前面的是妇女以及仅存的一些老人,他们的使命就是死,黑鹰部落用他们来吸引高塔的火力,争取时间。在他们的后面,才是主力壮年男子。

他们的战术确实是明智之举，但不幸的是他们在战略上彻底错了，他们实在不应该进攻我们的。因为高塔现在不仅在四面开火，而且它的杀人速度远不止 1 秒钟 4 个人，大约达到了 1 秒钟 10 个，并且还在逐渐提高效率。看来高塔是具有分析判断能力的，它可以视情况决定自己的行动。而那些人却不知道这一点，太可怕了！现在一切都无可挽回了，大错已经铸成！

高塔的杀人速度现在大约已提高到了每秒 30 人，密集的死光犹如一张绿色的大网，罩在小镇的上空。

看似不可一世的人浪此刻如同撞上了礁石，生命的脆弱现在暴露无遗：1/30 秒而已。似乎还嫌火力不足，那一门电磁大炮也加入了杀人的行列。它一炮又一炮地打向人群，帮助高塔减轻压力。炮弹在离地面十来米的空中爆炸，以最佳杀伤效率用飞射的弹片将大片的人割草般砍倒。此刻，我甚至能看见翻滚着飞向天空的头颅和手臂……

急风暴雨般到来的死亡以前所未有的力度冲击着我。我仿佛遭到了严冬酷寒的突然袭击，身体、灵魂、思维一起被冻住了，以至于我做不出任何反应，因而也没有任何感觉。

不可思议的是，明明已经完全没有了冲进居民区的任何希望，他们却仍然疯狂地继续冲击着。人浪缓慢地向镇里流动，但不等冲到一半的距离，这人浪的能量就将耗光。这些人此刻似乎丧失了正常的分析判断能力，完全是被一种莫名的力量所控制，令他们对死亡无动于衷。但在高塔的面前,这种顽强也是没有意义的。只见绿光闪处,死者层积,黑鹰部落群的规模急剧缩小……

终于有人开始恢复自我意识,感受到了恐惧,他们开始回转身向外面跑,但在生死线面前,向前冲和往后退并没有什么不同。

我扭头望向父亲的脸,想了解此刻别人的感受。我看见父亲的脸色苍白得像天上的云朵,但他的耳朵却奇怪地变得通红,似乎血液都流向了双耳。

恐惧终于彻底感染了所有的入侵者,人浪的大退潮开始了。但高塔似乎并不打算降低效率。人们依旧在成片倒下。只是电磁大炮安静了下来。

这时,我有感觉了。这是一种非常奇怪的感觉,它既像是令我直欲燃烧的火热,又像是将我骨髓冻彻的酷寒,总之难受得厉害,简直无法忍受。

等到高塔的死光发射频率开始下降之时,生死线之内的人影已经稀稀落落了。

逃出的人木然地站在生死线边缘,一动不动地看着自己的同胞哭着喊着奔跑或倒下。他们没法帮助线内的人。

当生死线之内的最后一个人倒下之后,死一般的沉寂降临大地,我们和外面的幸存者都陷入了凝滞状态。空气中飘荡着电离之后的辛辣味道。

我隐隐地听见了一种微弱的声音,它细若游丝却又令人不能忽略它的存在。

终于，我听清楚了，那是哭声，是从外面传来的幸存者们的哭声。那哭声分外悲切，我从中听出了生还者对死者的哀悼，还有对自己的怜悯。他们今后的命运凶多吉少。这个部落中最强壮有力的部分死去了，女人也差不多全死了，只剩下一些儿童和少年，这个部落实际上已经灭亡了。

哭声在天地之间缓缓飘荡，但在广漠的世界中这哭声显得那么的微弱……

一切都已结束，但是人们却都不离开果林，人们吃完晚饭后仍然露宿在这儿。

而我像前几天一样负责守上半夜。

怀抱猎枪、身披着皮毯的我，疲惫地坐在地上，完全不想动弹一下。我实在不明白我为什么这么累？

我倚靠着一棵果树，偏着头用脸颊贴着冰凉的枪管，一动不动地木然凝视着这个已被黑暗笼罩的世界。

今天所发生的一切简直就是一场噩梦！可怕的现实使我终于无比深切、无比形象地领教了外面世界那残酷的、以邻为壑的生存原则，领教到了他们相互争斗、伤害的激烈程度，我终于看清了这样一个……真实的世界。这个真实的世界使我彻底明白了进化的负面效应：它竟能迫使一个极为强悍的群体不惜以全族灭亡为赌注，甘愿忍受巨大的牺牲也要尝试攻击别人！黑鹰部落绝不是

太原之恋

为了我们仓库中的麦子才不顾一切地向我们一再进攻的,需要足够的粮食只需多抢几个弱小部落就可以了,他们的真正意图,是要夺取我们的这座独一无二的小镇,夺取我们的高塔,卸下肩头沉重的进化重负,拥有一种轻松幸福的生活。这就证实了我一直以来对进化的猜测:绝不存在令人心旷神怡的进化!有进化就会有艰辛!因为进化是一种动态的过程,只要进化存在,世界就一定会不停顿地运动、不停顿地改变,和谐与平衡因此根本无法长存。哦,众生求有常而世界本无常,就是这一矛盾决定了人生的苦涩与艰辛,决定了进化的沉重。世界啊,你为什么非执意要进化不息呢?我们人类为什么这么命苦啊!进化为什么非得成为一种压迫我们的异己力量呢?进化有尽头吗?进化的尽头会是什么呢?……我仰起头凝视天顶的一轮明月,只见苍白的月光映出了云层的轮廓,天穹显得寥廓而神秘。我心头一颤,一丝凄然涌入心田,我想哭,但我不知道这泪究竟该为谁而流。

第二天清晨太阳升起之时,我们发现黑鹰部落的幸存者们已全部消失了。他们在昨天夜里悄然离去,走向了虎视眈眈的未来。他们甚至连亲人的尸体也没法取回。

于是,我们帮他们承担了这一义务,在镇长的安排下,一部分壮年男子回家取来农具到镇子的闲置地上去挖坑,其余人负责搬运尸体,我们必须尽快处理掉遍布麦田的尸体,以免发生瘟疫。

两人抬一个，男人们开始向闲置地搬运尸体。人人脸上都漠无表情，看不到恐惧，看不到悲伤，每个人都只是埋头干活。但是我知道这冷漠的表情下是颤抖的心，父亲那痛苦的表情就是证明。现在我知道长辈们为什么没有出去的原因了，可以想象他们之中肯定也有人向往过外面的世界，进化的诱饵肯定也强烈地吸引过他们，然而后来他们肯定都认识到了进化的沉重与艰辛，因而都死心塌地安下心来。喂，望月，你小子认识到了这些吗？你为了获取权力而不负责任地鼓动大家出去，可那么强悍的黑鹰部落都渴望卸下进化的重担，你们这把嫩骨头承受得了吗？我四处寻找着望月，因为我知道他不比我笨，我所悟出的一切他肯定也悟出了，事实是最好的论据，我想看看此刻他的脸色，我非看不可，不然不解恨。

很快，我就看见了望月，他也发现了我。我挑衅地望着他，我们的目光只交汇了一秒钟，他就低下头走开了。我想对着他大声冷笑，但终于没有笑出来。

麦地里的死人太多了，形成了一个外径五千米、内径约三千米的由尸体组成的环！即使是猪或牛的尸体，达到这个程度，看上去也是相当可怕的。恐怖压得我们几乎无法呼吸。那场面我终生难忘！

为了赶时间，我们将儿童的尸体都投入了河里，让他们顺流漂下去。看着一具具小小的尸体慢慢消失在远方，许多人和我一

| 太原之恋

样在擦汗的同时抹去了泪水。

    我们终于赶在尸体开始腐烂之前将它们处理完毕了，当最后一锹土投出之后，小镇又恢复了原来的生活节奏，就好像巨石掀起的波澜已然平复的河流，又开始像以往一样平缓地流动。

    但是我敏锐地感觉到，镇上的一切都与原先有了少许但却是无法忽略的不同。就在不久前的某一天，我曾轻易感受到了生活的美好和温馨，那一刻，节日般的气氛令人心跳，音乐撼人心魄，麦酒香气醉人，孩子们天真可爱……一切都很美。但是现在，我干活、唱歌、散步时，再也没什么感觉了，劳动不再乐在其中，歌曲虽仍悦耳，但却再也没有了往常那种让我身心俱为之颤抖、令我直想大声呐喊的力量，我的心变得对一切都无动于衷了，似乎有什么东西从空气中消失了，永远地消失了……

    不久后，我发现镇上的生活出现了一个最显著的变化，那就是望月的演讲会再也没有举办了。这一场大屠杀干净利落地击碎了年轻人不切实际的幻想，我们又一次开始重复三百多年来一直在这镇上反复重复的人生轨迹，自觉而主动地维持小镇的和谐与平衡。从今往后，我们这辈子最高的使命就是娶一个自己喜爱、长辈也能接受的妻子，再生一到两个孩子（不可以再多了），并将他们抚养成人，要他们重复我们的生活……这没什么不好，生活这东西就该是这样的。我决定过一阵子重新去试探一下水晶的态度，我也该结婚了。

然而,出乎意料的是没过多久的一天中午,水晶主动来找我了。她站在屋外的耀眼阳光中,我看不清她的表情,但不知为什么我竟有些害怕靠近她。尽管有大厅的阴暗保护,我仍感到了凌厉锐气的逼迫。

她约我五点钟到镇西的"兔窝"去,说有话要对我说。我自然求之不得。"兔窝"就在镇西离生死线不远的闲置地上,因三年前望月他们成功地对一群刚搬迁到此的野兔进行了一场种族灭绝行动而得名。

她消失在明媚阳光之中时,我的心忽地抽动起来。

当天夜里和第二天上午,我一直心神不定,干什么都安不下心来。

下午四点刚过,我便忍不住向镇西走去。

大出我意外的是,一出果树林子我就看见不远处望月也在向西走,方向也是"兔窝"。不快的感觉立刻在我的心中产生,我不明白水晶为什么还要约上这个人。我放慢了脚步,与望月保持着一定的距离,我不想和他说话。

可以看见水晶了,她站在前方的草地上,望着我们,长长的头发和她连衣裙的下摆在风中飘动。我们向她靠近着。

随着距离的拉近,一种感觉从我心底悄然升起,它驱动我的心跳得快了起来。我的脚步越来越快。望月也走得更快了。

太原之恋

望月终于跑了起来,我也撒开了双腿,心跳得甚至比脚步还快。

当我们停下脚步之后,我和望月都呆立着不动了。我们好久也没有发出一点声音,因为我们不知道该说些什么,一切都无法挽回了:水晶此刻已站在了生死线之外!

"我决定了。"她微笑着对我们说。她居然笑了!

"你疯了!"我大吼道,"你疯了!你知道你干了什么?!"

"也许能想个办法……"望月喃喃地说。

"还有个屁办法!"我凶狠地吼叫着打断了他,自从上次见面对视之后,我就再没把这个人放在眼里,"谁能有这个手段?你给我闭嘴!"然后我将脸转向水晶,继续冲她喷吐怒火,"你脑子出了什么毛病?该死!这不是儿戏!"

"我全都想明白了。"水晶仿佛全然没有听见我的怒吼,抬手一指高塔,语调平静,"是它封闭了小镇。我们这个镇子是个完全自我封闭的存在,它利用高塔来与整个世界隔绝开,用自我封闭来逃避进化,消除不安和恐惧。这就是真相。"

停顿了一会儿,她继续说道:"从表面上看,这镇子可以说是很理想、很完美的,它里面没有争夺、没有仇恨、没有暴力、没有侵略、没有欺诈、没有难填之欲壑。但是,在得到这些东西的同时,我们也就失去了另一些东西,那就是未来和希望,还有存在的意义,甚至还有……幸福。在这个地方,我们活着只意味着不死，仅此而已，其余什么都没有……这个世界是为参与进化的人而设计的。我们与世界隔绝，世界也就抛弃了我们。在这镇子里，我们的生命形同一堆堆石块……这样的生活有何幸福可言？有什么值得留恋的地方？"

水晶的慷慨陈词，猛烈地震动了我的心，我的思维以前所未有的速度飞转了起来。这时，我终于彻底明白了镇上的年轻人何以会产生那种候鸟迁飞般的向往外部世界的不安定情绪了，是因为人的体内天生就有追求进化的本能！这一刹那，我豁然开朗：进化的真正动力，乃是人们心中的欲望与理想！这就是世界何以进化的原因！

"我们总是需要一个开始的……"水晶又开口了，这时她的神情平静了许多，"那么就让这开始从我这儿开始吧……人总有一死，为什么要让自己宝贵的生命成为一种虚假的生命？……并且逃避进化于这个世界也不公平。我们推掉了进化的责任，世界的进化动力就因此减弱了一些，我们人类到达那个我们为之无限向往的目的地的时间就要推迟一些。这不是可以视若无睹的无关紧要的事，这是使命！进化是生命的使命！屈服于恐惧而逃避责任、逃避使命是可耻的！非常非常可耻……"热情在她的眼中燃烧闪烁，她的双眼在这苍茫暮色之中分外醒目，"你们和我一起出来吧！怎么样？望月，你不是从小就在期盼走出来吗？这么多年你不是一直在为出来做准备吗？现在，行动吧……"她一边说，一边将她

太原之恋

那灼人的目光射向望月。

她没有首先将目光投向我,这一点刺痛了我的心。但令我宽慰的是我看见望月的眼中闪现出惊恐的神色,他不由自主地向后略微退了一步。虽然只是极小的一步,但却使失望无可遏制地浮上了水晶的面庞。她的目光开始向我移来,我感到心脏里的血液开始向大脑涌升。"你呢?阿梓。你不是说你爱我的吗?你说过为我干什么都行的……"她望着我,轻声说。

一刹那,我只觉得我的大脑被她的目光轰的一声炸掉了,我全身热血沸腾,身不由己地向前迈了一步。

然而,一枚炮弹似在我的脑中炸响,我猛然惊醒!不!我不能再往前走了!一旦跨过了那道一米宽的生死线,进化的重负便会如冰山一般劈头盖脸地压在我的身上。我认为我将不堪重负。看着水晶那映照着夕阳余晖的微笑的面庞,我突然明白了我和她的分别:我们的不同之处就在于气质的浪漫程度。我天生就是一个农夫,真正关心的只有庄稼、农活、收成以及日常生活,别的我很少主动去关心。而她天生就是个气质极为浪漫的人,她从小就能感受到这个世界中我们难以感受到的成分,她思考我们无法独自理解的问题,她追求我们视若水中之月的东西……正是她的这种浪漫情怀最终驱使她走出了这镇子,做出了前无古人的壮举……而我深深地爱着的恰恰是她这独一无二的浪漫气质……我突然意识到,我之所以那么强烈地爱着水晶,实际是源于我对未来、对希望、对生命意义的渴望与憧憬！这种渴望和憧憬虽从小就在被排挤被压抑，但它却以另一种形式，以对充满人生活力的女孩的爱恋的方式，顽强地存留了下来。人都有进化的本能，实际上我也在追求我心中所缺失的那一部分，我实际是在爱着希望、未来和完整的人生啊！只是我一直没有意识到……

我当然有机会改变这一现实，只需要前进一米即可。前进了这一米，我就能获得我渴求了好些年的爱，就能拥有一个完整的真实的人生，我的一生就将发生彻底的改变……这一步将是我人生的转折点。但我的双腿此刻如同铸在了地上一般无法动弹，恐惧将我死死按在原地。

终于，她转身走了。在失去了太阳的正在逐渐向黑夜转换的天空下，她离开我们，离开这个小镇，用她那柔弱的双肩承担着进化的重担，远去了……她一边走，还一边回望我们。一时间，我难过得直想放声悲泣，但眼眶中却怎么也流不出泪水。我双膝一软，跪在地上，痛彻肺腑地将十指深深插入泥土之中……

起风之城 /张冉

让这个世界变得不同

▎太原之恋 ───•

09∶52

窗外掠过一间废弃的加油站。一辆停在加油机前积满灰尘的大众甲壳虫轿车，被以时速300千米飞驰的高速列车甩在后面。

我突然觉得这个场景似曾相识。由于高速铁路线与荒废的3号公路平行，一路上小城镇的废墟并不罕见。我闭上眼睛，花了几分钟才找到刚才那熟悉感觉的源头。

在我很小的时候，住宅楼后面是一片杂乱无章、积满垃圾的灌木丛。某一天，不知是谁将一辆报废的甲壳虫汽车驶到灌木丛里，拆走了车里所有值钱的内饰之后便扬长而去。那个锈迹斑斑的空车壳从此成天用一对被解剖后的青蛙般的无神眼睛盯着我的卧室，让我整夜不敢拉开窗帘，不敢面对窗外漆黑的夜里汽车尸体那莹绿色的邪恶目光。

一开始，会有流浪汉在甲壳虫轿车内烤火过夜，后来，灌木丛开始在车内生长，透过破碎的车窗、机器盖和天窗钻了出去，将废旧的雨刷器举向天空。远远望去，仿佛树丛将汽车吞噬了，甲壳虫渐渐与幽暗的丛林融为一体，再看不到车灯阴冷的眼神。

再后来，一场突如其来的大火烧掉了整个灌木丛。火焰烧了三天两夜，留下一片焦土，草木灰被北风吹散，露出甲壳虫汽车干瘪的残骸。作为人类工业文明的结晶，它算是以自己的方式战胜了自然。

那是我最后一次见到它，大火之后没多久，我就离开了自己出生并长大的城市，之后再未回去。

09∶10

两天之前，一封信出现在我的邮箱里。

在这个信息爆炸的时代，人们越来越开始怀念纸制品的芳香气味与墨水书写的柔和触感，收到一封手写的信我并不感到奇怪，但邮戳表明这封信来自一个特别的地方。从机器人秘书的托盘中拿起信封，我的手指出现了不自然的颤抖。

我不愿再与那座城市产生任何瓜葛。自从改名换姓、在知名大企业谋得一份体面工作之后，我以为自己已经完全摆脱了那座城

太原之恋

市背后的阴影,可没想到,整整十年平静的日子只是自欺欺人而已,看到那个地名的时候,我的心脏猛烈地收缩起来。

"谢谢。"我竭尽全力保持仪态,说出得体的礼貌用语。机器人秘书同样礼貌地做出回答,收起托盘,驱动16只万向轮,将自己的身躯挪出了办公室。

我明白即使故意视而不见,好奇心最终还是会驱使我割开信封,将那些令我忐忑的字句逐一阅读。所以在片刻思考之后,我坐定在转椅上,打开做工并不考究的木浆纸信封,取出薄薄的一页信纸。

"大熊。"

信的头两个字将我狠狠击中。我倒在座椅里,呆呆地望着工业美术风格的白色天花板,花了5分钟才调匀呼吸,让宝贵的空气重新回到我的胸膛。在这座城市里,没有人会这样称呼我,我的身份是大企业的高级工业设计师,循规蹈矩的中产阶级白领,工业社会最稳定的构成,是这个干净整洁、充满艺术气息的城市必不可少的一部分。

我不需要改变,也不需要回忆。但这封信只用两个字就唤起了我的回忆——在我的字典里,回忆就意味着改变。

我无法停下,唯有继续阅读下去。

大熊：

  你知道我是谁。我要做一件事情，需要你的帮忙，如果你还记得从前的事情的话，一定要来帮我，如果不记得的话就算了。对了，时间紧迫，我应该提前告诉你的，对不起。从11月7日0点起，你要在72个小时内赶来，不然就不用来了。就这样。

这封信并未遵循信件的格式，没有抬头、署名和问候，以这个社会精英阶层的眼光来看，就算小学生也不该写出这样不合规矩的信件。我认识的所有人中，只有一位会写出这样肆无忌惮的信。

办公室在眼前远去，记忆将我扯回12岁那年的夏天。在卧室的床上，我拥抱着那个穿着白色棉袜子、身上散发出水蜜桃味道的女孩。

我的手指因紧张而僵硬，透过T恤衫与牛仔裤的间隙偶尔触到她那滑腻的肌肤，指尖的每一个细胞都能感觉到她身体的温暖。一床如云朵般柔软的棉被搭在我们身上，我裸着双脚，而她穿着一双洁白的棉布袜子。我的鼻子埋在她的发中，不由自主地翕动鼻翼，将她发丝和白皙脖颈传出的体香吸进鼻腔。

没错，就是那甜甜的水蜜桃味道，夏日里成熟的、甘甜醉人的水蜜桃味道。

| 太原之恋 ——

08：54

  钢蓝色的烟雾出现在遥远的地平线，那就是我出生的城市，坐落于生长着仙人掌、红柳、风滚草和约书亚树的戈壁中央。这座城市因煤矿与铁矿的发现而一夜兴盛，被蒸汽轮机和铁路线推动向前，就算在经济危机时代，也不眠不休地制造出崭新的汽车与机械设备，却在十年前突然衰败……这就是我的故乡。

  就算冬季的信风吹起，也驱不散城市浓厚的烟尘。自工业革命时代开始熊熊燃烧的炼钢厂高炉将铁灰色微粒撒遍城市的每一条街巷，让城市变成匍匐在尘烟中的洪荒巨兽。没人说得清这种沉重的灰色浓雾为何不会随着第四次工业革命带来的科技进步而消失无踪，两百年的岁月早已将这雾气与城市的生命捆绑在一处，就算最先进的空气净化设备也对它束手无策。炼钢厂高炉的巨大烟囱已失去功能，成为矗立在城市角落中供后人观瞻的古老遗迹，可每当太阳从东方的沙漠地平线升起时，雾气总是如约而至，将这座毫无生气的城市悄悄拥入怀中。

  步下火车的一瞬间，我无比厌恶地皱起眉头，脸部、脖颈和手背，所有裸露在外的皮肤都能感觉到雾气的潮湿，仿佛雾中无数奇怪的生物在伸出舌头四处舔舐——这种恐怖的幻觉从小就折磨着我的神经。离开故乡的十年没能让我忘记不快的幻象，我裹紧大衣，告诉自己回到故乡是一个错误的决定。

捏着票根走出车站大厅，两台圆滚滚的服务机器人迎了上来，电动机驱动万向轮碾过光滑的大理石地面，发出轻微的噪声。"您好，先生。请问有什么可以帮助您？"一台机器人展开顶端的三维投影屏幕，将城市地图展现在我面前，另一台机器人默默地站在旁边，等待为我提供其他服务的机会。

准确地说，它们应该被称为"机器公民"，这一称呼是州议会立法规定的。每台机器人自中枢处理器被激活的一刹那，就背负着与人类相近又相异的原罪，必须依靠社会劳动赚取生存所需的电力、配件和定期维护服务。这是一种单纯的按劳分配制度，机器人与企业或公权部门之间形成雇佣关系，双方权益受到法律保障。近几年，机器人的福利问题也被提交州议会讨论，有人坚称机器人群体也应该纳入社会保障体系，因为从形式上来说，机器人的维修保养与人类的体检医疗并无不同。

制造这些机器公民的是名为罗斯巴特（ROSBOT：现实社会化自动机械集团）的企业联合体，在这个州的任何城市都能见到罗斯巴特的盾形标志，就算在这荒芜之地也不例外。

机器人用四个语种耐心地复述了问题，并在屏幕上演示着地图、电话黄页、交通指南、在线博物馆等功能。第二台机器人的顶盖关闭着，显得有点儿闷闷不乐。

太原之恋

我的目光扫过公共交通系统指南。没有变化,公共交通是一座城市的生命线,10年未变的生命线,说明这座城市确实已经死去了。

"谢谢,我不需要什么帮助。"我提起行李箱绕过两台机器。

投影屏幕如花瓣般失望地合拢。"祝您愉快,先生。"毫无感情色彩的女性合成音在背后留下违心的祝福。

"希望如此。"

在接到信件50个小时后,我从办公桌后站起来,吩咐秘书延迟例会的时间,向副总经理递交了事假申请,给家里打了个电话,声称自己有紧急任务必须立即飞往东海岸出差,然后吩咐妻子取回干洗店里的衣服,锁好屋门,不要忘记喂狗。

然后,我提着行李箱独自来到中央车站,登上了开往这座城市的高速列车。我的行李箱里只装着一件干净衬衣、一部便携电脑、一瓶功能饮料和一个文件夹。我不知道为何会做出这个决定。

我觉得我疯了。

08:12

腕上的手表显示"08:12",那是按照她给出的期限设置的倒数计时,"从11月7日0时起72个小时之内赶到",距离期限还有 8 个小时。

我的心情像一瓶冰镇后的碳酸饮料,寒冷,无光,不知何时会彻底爆发开来。这座被遗弃的城市的一切都在压迫着我,肮脏的街道、缺乏修缮的楼宇、破碎的路灯、无精打采的行人……灰色的天幕和蓝色的雾气与我居住的城市形成鲜明对比,在属于我的城市,一切都是整洁的、有序的、高尚的,那是属于现代工业文明的天然骄傲。

我害怕如潮水般涌起的回忆,害怕唤出藏在我体内那个生于斯长于斯、如同整座城市一样肮脏卑微的孩童。我不由得隔着衣袋抚摸着信纸,尽力以美好的回忆驱赶如影随形的灰蓝迷雾——12 岁那年的秋天。

12 岁那年的夏天,天空晴朗,甲壳虫汽车在灌木丛中露出枝枝丫丫的笑容,我们坐在床上,我从身后环抱着她,将头埋在她的发丛中,嗅着甜蜜的水蜜桃味道。她咯咯地笑着说:"别闹了,大熊。再不开始练习,准没办法通过珍妮弗小姐的选拔。到时候我会狠狠踢你屁股的。"

我回答道:"好吧。我还是搞不懂这样做有什么好玩——你是说,在那个东方国家,这是一种表演形式还是什么来着?"

她扭过头,用黑色的眸子瞪着我,"我说过好多遍了,这叫作'二人羽织',是很有历史的东西,只要你能够稍微聪明一点,不要总是笨手笨脚地打翻东西就好了!"

太原之恋

"好啦好啦。"我嘟囔道,"那再来试一次吧。"

她拉起又轻又软的棉被,一边嘟囔着这样的棉被不合用,一边将我们两人整个罩在其中。世界黑暗下来,我感觉温暖而舒适,双臂轻轻将她搂紧。

"好,现在端起碗……再右边一点,再右边一点……再往右,你这个笨蛋!"她大声指挥着。

我摸索着端起大碗,右手拿起一双名叫筷子的餐具,试着夹起碗中的面条送进她口中。

07:52

我步出车厢,提着行李箱走出地铁站布满涂鸦的阴暗通道,沿着停止工作的自动扶梯走上地面。风中飘着的碎纸是这个街区唯一的亮色,一名机器人警察慢悠悠驶过,5个监控摄像头中的一个扭向我,一闪一闪的红灯仿佛代表它疑惑的眼神。"需要帮助吗,先生?"外形如同老人助步车一样可笑的机器人警察开口问道,将眼柄上的5个球形摄像头举起,上下扫视着与街道格格不入的陌生人。

"我很好,谢谢。"我摇摇头。

"那么祝你拥有美好的一天,先生。"警察摇摇晃晃地驶离,履带底盘后部的红蓝双色警灯无声闪耀,将布满灰尘的金属外壳映得忽明忽暗。

我抬起头。巨大的冷却塔像史前动物的遗骸一样匍匐在眼前,龙门吊车横亘头顶,粗硕的管道遮蔽天空。她给我的信中没有明确指示,我不知去哪里寻找这个深埋于记忆中的童年伙伴。陈旧的记忆驱使着我不自觉地来到这里,城市东部的重工业区,我出生、长大,然后用了10年来逃避的地方。

阳光暗淡,废弃的机械散发着钢铁的腥甜味道,锈迹斑斑的管道尽头,一只蝙蝠从厂房破碎的玻璃窗里振翅飞起,消失于迷雾之中。这死去城市的尸体以绝望的、腐朽的、失去灵魂的形态静止在时间的凝胶里,钢索将阳光割裂,地面上铺满墓碑般的片片光斑。

我长久地望着那锈蚀的齿轮、干涸的油槽、长满衰草的滑轨与绞索般摇摇晃晃的吊钩,情不自禁地打了一个寒战。我依然记得在灾难发生之前的日子里,机械师在罢工游行的间隙,还会为心爱的机械的传动链条添加润滑油,期待漫长冬季过后,它还能再次发出热气腾腾的震耳轰鸣。我的父亲,那位终身为汽车制造厂服务,却因高效而廉价的机器人劳动力丢掉工作的蓝领工人,曾经无比乐观地对我说,总有一天炼钢厂高炉的火焰会再次燃起,城市会再次充满机械运转的和谐之声。"一切都会变回老样子的,我保证。"他用仅余的一点钱购置了丰富的食物,满心期待着好事

太原之恋

到来。

等我回过神,他已经化为了瓶中的白色粉末——那么健壮的一个男人居然能够装进小小的瓷瓶之中,这让葬礼的场景显得有点儿讽刺。

裹紧西装外套,我迟疑地向前迈着步子,小心地踏过光与暗的斑纹。要去哪里呢?比起这个富有哲学性的问题,我用了更多精力遏制猛然漾起的回忆,危险的东西正在脑神经突触之间蠢蠢欲动……不要乱想!我严厉地呵斥自己,奋力驱走脑中的幻影。

从这里向前,丁字路口对面是冲压机床厂,而汽车制造厂就在右转之后的道路尽头。在那个遥远的时代,我爷爷的爷爷随着人潮拥入这座戈壁滩中央的城市,成为一名产业工人,从此代代传承。我父亲本人就完全无法想象外面的世界是什么样子,对他来说,接受职业教育、接替父亲的职位站上生产线几乎是命中注定的事情,拧紧面前的每一颗螺丝,这是男人最踏实的工作,也是最美妙的游戏。

她如今又在做什么呢?这座城市已经死了。炼钢厂死了,发电厂死了,轮机厂死了,汽车制造厂死了。留在这座城市中的只有绝望的酗酒者、等死的老人、麻木的罪犯和丑陋的妓女。

徘徊在死去城市中的她,是否仅仅是残存着水蜜桃香味的白色幽灵?

07：37

我不得不放松警惕，让有关她的记忆溃堤而来。

她的名字。她的名字叫作"琉璃"，那是一种源自东方的美丽彩色玻璃。我很喜欢这个名字，她本人却不太满意，说那是极其昂贵且易碎的玩物，在她祖辈所在的国度，只有古代的君王才有幸可以赏玩。

我父亲与他父亲不在同一车间，不过不约而同地选择居住在公寓楼，主动放弃了市郊的独栋住宅。我的父亲要承担母亲的昂贵赡养费——事实上，我对母亲的印象很模糊，她对我来说只是每个月要分走一大笔生活费的陌生女人罢了。而琉璃的父亲则由于股票投资失败，欠了一大笔外债，不得不节衣缩食寄身于免费的公寓楼中。

我们很小就认识了。在废弃的甲壳虫汽车出现的时候，我们总是一起骑着自行车去上小学。当甲壳虫汽车里长出茂密灌木的那一年，我们早已是无话不谈的玩伴。那个年纪的男孩和女孩会将感情当作羞耻的事情看待，情窦初开的我不敢坦白自己维特式的烦恼，而她似乎迟迟不肯长大，只对耳机中的摇滚乐着迷。

之所以对 12 岁那年夏天发生的事情记忆深刻，不仅因为那是

太原之恋

我初尝感情的甜蜜与苦涩滋味的日子，也由于一件大事在这座城市发生。第十四届世界机器人大会在这里召开，全球最新的各式机器人云集于此，这是所有喜爱机械与新潮电子产品的孩子的饕餮盛宴。我从小迷恋着机器人，而她也对这些钢铁造物很有兴趣，我们被学校的机器人协会推举出来，要在世界机器人大会开幕式上代表整座城市表演节目。我一下子慌了神，不知该准备些什么，而她一下子就想到了"二人羽织"。

"你不觉得那很像机器人吗？我是头脑与面孔，而你在后面负责双手的动作，扮演着我自己的手臂，那不正像人形机器人刚学会走路时的奇怪样子吗？一定可以让所有人都大吃一惊的！"她盯着我，粉嫩的脸颊映着下午学校的阳光，纤细的汗毛若隐若现。

"听你的。"我情绪复杂地回答道。

07：12

汽车制造厂的大门紧紧锁闭，不远处的墙上有一个崩坏的缺口，我从那里轻松翻越进去，站在长满齐膝野草的大院中。

我的正前方是办公楼，左手边是碰撞车间，右手边是试车车间，底盘、承装、制件、喷涂、焊接、总装和检测车间似盘中棋子左右排列。在制造业鼎盛的时期，这片20公顷的土地挤满了1.5

万名来自全国各地的蓝领工人，生产汽车的工时被压缩到惊人的12个小时，6秒钟就有一辆崭新的汽车驶下流水线。

我闭上眼睛，想象满载汽车的载重货车呼啸而过。短短10年时间，缺乏保养的水泥路就已经被侵蚀得支离破碎，四周散发着青草和油泥混合的奇怪味道。当啷一声，脚尖不小心踢起一只空空的威士忌酒瓶。靠近大门的厂房窗户七零八落，厂里能拿去换钱的东西早被游民洗劫一空，墙壁上画满充满性暗示的暗红色涂鸦。"赶走木偶！保卫生产线！"高居于涂鸦之上的是10年前罢工运动的口号，字迹已经模糊不清。

愈行向厂区深处，流浪汉活动的迹象就愈少，巨大的墓园中只有我在默默行走。名为"恐惧"的无形怪兽将右手搭在我肩上，让我不断回头惊惧地环视四周，幸好透过雾气射来的阳光给予皮肤些许温暖。我松开领带，让喉结可以轻松咽下加剧分泌的唾液。

到达目的地时，我才发现自己的目的地所在，潜意识将我引领至这熟悉的角落——当然，除了这儿，还能是哪儿呢？

六层高的公寓楼恰好遮住阳光，公寓外墙残留着灼烧过的痕迹，四层最右边的那扇窗户，玻璃破碎、以不祥的寂寥眼神凝视我的那扇窗户，正是我卧室的窗子，年少的我曾经多少次从窗口向下望，而如今我抬头看去，肮脏的窗帘随风轻摆，看不清那后面是否有一张静止不动的孩童面庞。

"喳！"一只飞鸟穿林而出，凄厉鸣叫着。这里已经完全看不

太原之恋

出那场大火的痕迹，被烧得精光的灌木丛如梦魇般重生了，开着黄色花朵的沙冬青与叶子油绿的野扁桃被多刺荆棘缠成扭曲的形状，这片林子几乎与童年记忆中一般无二。我手指颤抖地拨开一束梭梭草，甲壳虫汽车的残骸出现在眼前，那被火焰炙烤成炭黑色的钢铁骷髅如今再次被植物占据，灌木以疯狂的姿态从每一寸缝隙中挣扎而出。

我突然想起童年的一种玩具。那是世界机器人大会为感谢我们表演节目而赠送的礼物：具有行走能力的机械人偶。人偶的面部是一个棉质的圆球，只要按照自己喜爱偶像的照片在圆球上相应位置植入草籽，每天细心浇灌，7天之内，小草就会长成这位名人的五官轮廓，同时这种基因工程制造的草种会将光合作用制造的糖分输送给人偶内部的化学能燃料电池，驱动小机器人向着光线更强的方向行走。我不知是谁设计出这种奇怪玩具的，表现最基本的机器人生存原理是可以理解的，但绿色头发的迈克尔·杰克逊迈着僵硬的步伐在写字台上追逐阳光，这不是儿童玩具应当具有的模样。令我更加恐惧的是，一个月过后，那些基因变异的青草开始不受限制地疯长起来，迈克尔·杰克逊的眼睛、嘴巴、鼻子、耳朵全都喷出长长的草叶，机器人行走的速度也因能量充足而加快了。那个七窍流"草"、在屋里四处狂奔的怪物是我一生的噩梦。

迈克尔·杰克逊是我最爱的歌手，我还喜欢罗比·威廉姆斯、布鲁诺·玛尔斯和蕾哈娜。她的音乐播放器里装满更加过时的摇滚乐——皇后、枪花、滚石、金属乐队、邦·乔维和涅槃。我从来不能理解她的想法，而她从未试图了解我的想法。

在机器人大会之后，她与我的关系渐渐疏远。不知从什么时候起，我们每天的对话变为简单的"你好"和"再见"，我再没有触碰过她柔软的肌肤，也没再闻到过她身上迷人的水蜜桃味。

甲壳虫汽车的残骸就像那具机器人一样散发着邪恶的气息，令我胃部收缩，有一种想要呕吐的感觉。做了几个深呼吸压下不适感，我放下行李箱，弯下腰拨开汽车内部的灌木。

回到汽车制造厂，来到这个隐秘的地点，一切都是自然而然发生的，我根本没有考虑这样做的合理性。但回过头来想想，如果她只有一封没头没尾的信件召唤我前来，没有留下任何联系方式，那么还有什么地方比这里更适合隐藏留言呢？毕竟在曾经亲近的孩提时光里，我们总是一起坐在卧室的床前，望着这辆被遗弃的车子，编造着一个又一个光怪陆离的恐怖故事，以吓坏彼此为快乐之源。

在一簇结出鲜艳红色果实的沙棘之下，甲壳虫汽车的地板上，我发现了一枚白色的信封。我转身逃离汽车残骸，撕开信封，一张照片轻飘飘地掉了出来，照片上是一个男孩和一个女孩——12岁的我和12岁的她。

照片是用家用打印机打印的，显得陈旧易碎，我和她的笑容却透过模糊不清的像素点溢出纸面。她坐在床沿，我坐在她身后，

| 太原之恋

那正是我记忆中最美好的夏日时光,为机器人大会排练"二人羽织"的那个午后。

仿佛一记看不见的重拳击中鼻梁,我感到眩晕、疼痛和眼睛酸涩,趁着视线没有因此模糊,我翻过照片,看到后面用碳素笔写着:"很好,起码你来了。接下来想起些什么吧,你会找到那个地方的,就是那里。"

06 : 35

我在寂静的城市里独自行走,感觉昂贵的西裤和衬衣被汗液粘在皮肤上,真丝领带令我窒息。我毫无目的地走着,直到走到街巷尽头,空旷广场与巨大的机器人塑像出现在眼前。那是第十四届世界机器人大会纪念广场,还有双足机器人"大卫"。

"大卫"有55米高,钢骨架,镀铬铝合金蒙皮,以金属黏合剂定型,外表大致符合人体比例,看起来不大像米开朗琪罗的名作,倒更接近古老动画片《阿童木》里面的主角。在我12岁那年,银光闪闪的机器人在吊车的帮助下立起在世界机器人大会园区中心,市长带头热烈鼓掌,我和她自然起劲地拍红了掌心。"这是具有划时代意义的一天。"市长清清嗓子,"罗斯巴特集团捐赠的'大卫'将作为城市的象征永存于世,感谢他们带来日新月异的机器人技术，将我们带向人类与机器人和谐共处、创造更文明高效社会的美好明天！"

市长的话没有说错，直到今天，这个机器人还倔强地站立着，即使10年前的一场大火将它每一寸表皮都烧成炭黑色，身上布满铁锤砸出的凹痕。事实上，至今没人知道那一天究竟发生了什么。很多人死了，而直至今日，死亡者的确切数目还是没人知晓。

"大卫"是罗斯巴特集团最后一件人形机器人制品，随后，复杂的双足机器人淡出了历史舞台。科技的车轮开始加速转动，具有划时代意义的模拟神经元处理器给机器人带来相当程度的思考能力，随着各式各样的机器人走向社会，伦理学问题开始被摆上台面。几年前，州议会在州宪法中加入了"新机器公民"的条款，正式承认机器人的独立人格存在，同时规定了机器公民的权利、义务及社会角色，使他们可以"在一定的约束条件下以同等身份获得法律权利、社会权利、政治权利和参与权利"。

当时没人意识到，人类在漫长的文明史上会第一次与自己的创造物展开生存权利的残酷竞争。罗斯巴特集团由机器人制造厂摇身一变，成了全州数百万名机器人的经纪人，每名机器人都要通过公平竞争谋得工作，赚取一般等价物，换取维持生存所需的电能、油液、零件和保养，罗斯巴特公司则抽取50%的佣金用来偿还机器人的制造贷款，通常这份价格高昂的分期贷款需要用30年乃至更长时间来偿还，但机器人的服役寿命高达80年，它们终

太原之恋

将可以赎清自己获得自由。

企业非常欢迎这种做法。不同外形的专业机器人有各自适合的岗位,很容易在生产线上找到理想位置。它们薪酬低廉,工作时间极长(州立法规定每天不得超过22个小时),附加支出极少,不需要解决住房问题,没有生育和休假困扰,不会通过工会提出不合理需求……即使抱怨,也只是在机器人权益保障者那里吐吐苦水,只要稍微提高厂房里令机器人感到舒适的白噪声就可以解决问题。

唯一的受害者就是被夺去工作岗位的产业工人。在需要情感、主官感受、逻辑判断力和决策的岗位上,人类还牢牢坚守战场,但我父亲那样的蓝领工人则被机器人成批驱逐。他们亲手制造了潘多拉的魔盒,禁不住诱惑后掀开盒盖,却发现盒中的瘟疫已经长出翅膀,再不受造物主的管辖。

这就是那场史无前例的大罢工的缘由,导致这座以重工业为基础的城市死亡的缘由。全机器人生产线(不同于传统意义上的"机器人"生产线,电脑控制的机械手臂与具有主观能动性的机器公民不可相提并论)能够将生产效率提高4倍到5倍,厂房必须重新设计以适应高效化与极度精确的工作流程,厂区不再需要臃肿的生活配套区,只要留有足够的停放空间(州议会立法规定机器人的最小休息空间为该款机器人体积的1.5倍)即可。改造旧厂区意味着天文数字的投入,重型企业已经因解约赔偿而元气大伤，它们不约而同地选择在更靠近罗斯巴特集团总部的城市新建厂区，放弃了这座戈壁滩中央的孤城。许多未能顺应时代潮流雇佣机器人工作的企业很快倒闭，失业率扶摇直上，社会动荡，城市衰落……不过，用州政府的话说，这只是走向新时代必须经历的阵痛而已。

我远走他乡，进入大公司工作，直到两年后才知道所供职的企业是罗斯巴特集团的下属企业。在那座崭新的城市，汽车厂、钢铁厂、精密设备厂、机床厂、数码仪器厂已经以崭新的姿态重生。那些新生的工厂都有着低矮洁净的白色厂房，厂区充满电流的嗡嗡噪声和万向轮碾过地面的吱吱声。

我喜欢机器秘书和机器巡警，喜欢代表先进生产力的机器人技术。一想起现在脚下这座笼罩着迷雾的钢铁城市，我就能尝到那驱之不尽的油烟的苦涩味道，感觉到指甲缝里塞满黑黑的油泥，想起父亲临死前强颜欢笑的卑微样子，听见汽车制造厂最后一次下班汽笛声的清鸣。

是的，我离开了这个鬼地方，同其他上百万人一样。这样做有什么不对？

我紧紧捏着手中的照片，穿过窄街，大踏步走向双足机器人的方向。如果答案存在的话，一定就在那个地方。

太原之恋

06∶12

"二人羽织"这种表演的意义到底是什么?是笨拙的喜剧、和谐的正剧,还是滑稽的悲剧?这种源自东方的奇异文化我最终都没能理解。第十四届世界机器人大会在凉爽的夏夜开幕,中央展馆大舞台的幕布缓缓拉开,六盏聚光灯穿透厚厚的棉被射出粉红色的辉光,喧哗声渐渐平息,奇异的静谧统治了会场,即使躲在她的背后,我也能感觉到5000名观众视线的灼热。

"别怕,"名叫琉璃的女孩对我说,"有我在。"

我什么都看不见。在这个棉被制造的小小空间里,我拥着让我神魂颠倒的女孩的柔软躯体,却紧张地弓起后背,保持着尴尬而礼貌的距离。我垂在琉璃身前的双手能感觉到空气的温度,幸好一万只窥探的眼睛被棉被关在外面的世界。我的鼻尖埋在她的发中,嗅着让人迷醉的甜蜜桃子味道,整张脸都因紧张和幸福而充血、发热。我能感觉到她的身体也在微微颤抖,那是12岁少女面对5000名旁观者的天然恐惧,也是从小听着古老摇滚乐长大的灵魂面对5000名观众的天然亢奋。忽然间,颤抖停止了,她自言自语道:"突然肚子饿了……那么就吃一碗面吧。"

这是表演开始的信号。我轻轻地活动了一下僵硬的手指,开始摸索装满面条的大碗。奇怪的是,那时我却完全没有想着表演本身,脑中莫名其妙地蹦出一个念头:如果她身上能够散发成熟桃子的味道,那是不是说明所有女孩都是水果口味的?隔壁班的凯茜·布雷迪是不是草莓味道的?班主任提摩西夫人应该闻起来像坚果吧?我自己又是什么味道的?如果我与琉璃结婚,会不会生下一大堆桃子味道的可爱女孩?

许多年以后,我拥有了一个闻起来像香奈儿5号香水的妻子,养了一条酸奶油味道的大狗。我决心不再回忆这座雾气笼罩的钢铁之城,却在偶尔闻到桃子味道的时候心中一荡,胸腔中的某个部位传来针刺般的疼痛感——比如现在。

如果心电图和冠脉造影解释不了心脏的疼痛,那么只能相信那是灵魂借宿的地方吧。

我踏上纪念广场的黑白两色地砖。整座纪念广场由第十四届机器人大会的几栋主体建筑改建而成,棋盘状的地砖应该是对"深蓝"电脑的致敬,而环绕整座广场的单轨轨道,是地球环日轨道的拙劣模仿。在我12岁那年,这条轨道上有着骑单车的人形机器人不停穿梭往返,向世人展示其高妙的平衡感;如今铁轨早已锈迹斑斑,在那个脏兮兮的移动物体高速驶来时,松动的螺栓发出不祥的嗒嗒震动,铁锈簌簌掉落,整条轨道都在上下起伏,看起来像泡在咖啡里的早餐麦圈,随时可能粉碎坠落。但悬浮在永磁场之上的轨道不可能原地坠落,就算那些七零八落的碳纳米系带全

太原之恋

部断裂,它也只会被高高弹起来,扭成麻花形散落到鬼才知道的什么地方去。

我停下脚步,放下行李箱,干脆把领带扯掉揉成一团塞进衣兜,松开了衬衣上的三颗纽扣。一个嗡嗡作响的家伙沿着轨道驰来,吱的一声停在我面前。这个轨道机器人形状像个饭盒,一停下来就开始叮叮咚咚地播放《献给爱丽丝》,将盒中售卖的物品展示给我看。左边一半是平凡无奇的旅游纪念品,右边一半是冷冻的速食品,包括饮料和水果。我望向哪种食品,机器人就殷勤地放出一丝含有对应食品味道的香氛喷雾。当视线掠过水蜜桃,化学合成的桃子味道令我悚然一惊。

"仅售 3 元,先生,保证新鲜的南方农场水蜜桃,从采摘到冷冻保存只用了 5 分钟,就连南方农场充满阳光味道的美味空气都被一起冻了起来呢,先生!"机器人用不知藏在哪里的摄像头捕捉到我的神态,随后用不知藏在哪里的扬声器发出欢快的合成音。

"好吧。"我犹豫了一瞬间,掏出皮夹数出三张零钞递过去。

"感谢光临!T00485LL 发自 CPU 地感谢您,先生!"唰的一声,钞票被不知藏在哪里的触手夺走了,一颗速冻的大桃子弹出机器,在空中漾出一团水蒸气似的云雾,接着轻轻跌落在托盘上,零下 18 摄氏度急冻的水果被定向微波快速解冻,休眠与唤醒都只用了短短一秒钟。"这是您买下的南方农场水蜜桃。先生,如果愿意的话我可以介绍一下这些可爱的纪念品,比如可以自动下楼梯的势能转换器、能够看护婴儿的恐龙玩偶、印有'大卫'图案的夜光纪念章……"托盘升起在我面前，桃子同屏幕上显示的样品一样饱满可爱，新鲜得像刚从树上摘下来。

"不必了。"我拿起那颗水蜜桃。

没有味道。看似美味多汁的桃子没有任何味道，水蜜桃底部有个小小的标签，上面的日期显示这颗桃子已经在机器人的冷库中沉睡了4年零11个月，但距离保质期限还有很长一段时间。

按照食品安全法规定，桃子的营养成分流失最多只能在5%，它本质上还是一颗营养丰富、汁水充盈、健康纯粹的桃子——这就是文明的力量。

我随手将只咬了一口的水果丢进垃圾箱，走向纪念广场北侧的巨大人形机器人。饭盒模样的售货机器人乖乖闭嘴不语，但鬼鬼祟祟地沿着轨道跟在我身后，滑轮摩擦铁轨发出难听的刮擦声。无论它还是轨道本身都需要一次从头到脚的保养，否则在不远的某一天就会彻底沦为废铁。

"不要跟着我。"我没有回头，冲身后挥挥手。优先级更高的服从逻辑战胜了兜售欲望，售货机器人的身形静止了，孤零零地停在铁轨上，像冬季瑟缩在电线上忘记南飞的孤鸟。

整座广场没有其他游客。离得越近，伤痕累累的机器人雕像就显得越发丑陋，我皱起眉头，掏出照片细细观看。一件事突然浮现于脑海，却远远飘在意识的捕捉范围之外，让我摸不到轮廓。

太原之恋

照片上是12岁的我和12岁的她,在12岁的夏日与12岁那年的卧室房间,12岁的年纪里,应该还有一个若有若无的阴影存在。

而那个影子,也是我远离这座都市的原因。但现在,我绞尽脑汁也看不清那个影子的面目。一旦意识到这个死角存在,大脑就开始用尽力气破解回忆的谜团,像水蜜桃一样被冻结的往事坚冰慢慢融解,一个接一个画面浮出水面——我和她,我和爸爸,我和提摩西夫人,我和巨大机器人雕像。在浓雾中迷失而被吓坏的孩子,放学后的秘密基地,草稿本上的机器人图纸,用晾衣架、电动车马达和易拉罐制造的机器人,被丢弃的甲壳虫汽车。每个画面里都有那个影子存在,如同无形的手在按下快门将回忆定格的时候,总是将一道徘徊于身边的幽影记录于其中。

越是努力捕捉,神秘的影子就越轻飘飘地溜走,我不禁开始怀疑自己的记忆,怀疑自己的大脑,怀疑内侧颞叶的每一个神经元和神经突触在联合起来欺骗这具身体的主人——童年的记忆如果这么不可靠,为何琉璃肌肤的温热触感和身上散发的甜蜜味道显得如此鲜明?

头痛开始袭来。"见鬼……"我从裤兜里摸出尼古丁咀嚼片丢进嘴巴,用咬肌的运动缓解疼痛。胶质中的尼古丁渗透进血管,这种禁烟运动中奇迹般存活下来的安慰剂让我的精神立刻振奋起来,但这无助于思考,我只能暂时将打结的记忆丢在一边。

巨大的机器人塑像遮住朦胧的阳光,庞大的双脚逐渐与我的视线齐平。经过修葺的大理石基座用四种语言刻着拍马屁的美术评论家的华丽辞藻，他们居然认为这一团焦黑扭曲的金属是现代文明史上妙手偶得的极佳创作。作为设计师的一员，我对此实在难以苟同，甚至不大敢直视那丑陋的金属骨架。

机器人塑像凝视着 500 米外的机器人大会主场馆，我和琉璃曾在那栋蛋壳形的乳白色建筑中登台表演，收获了 5000 名观众的热烈掌声。当时我们其实演砸好几个地方，却意外地赢得了哄堂大笑，或许这正是这种表演形式的高明之处吧。灯光亮起，大会正式开幕，每一个小舞台都有吸引人的各式机器人登场，我们两个趁没人注意偷偷溜了出去，爬上机器人塑像的基座，望着远处流光溢彩的场馆和亮着灯带的长长轨道，等待烟花升起。

那时我们都说了些什么？12 岁的我们，或许正试图表现自己成熟的一面，谈论着音乐、电影、书籍，也许聊起学校中发生的事情，更可能谈着关于机器人的话题，想象着我们的未来将会是什么样子。

到如今，我已经知道我的未来是什么样子，而她的未来呢？

我在我们曾经并肩坐着、悬空摇晃双腿的地方找到了一枚白色的信封。当年我们花了很大力气才爬上高高的基座，如今看来，那不过是齐胸高的台阶罢了。我的心境非常复杂，但走到这一步，除了打开信封之外没有其他选择。

撕开信封，薄薄的信纸上只写着一个名字：乔。

太原之恋

05：36

乔是谁？

这个名字没能将沉睡的记忆唤醒，短短三个字母看起来有点儿陌生。"乔"应当是"约瑟夫"的缩写，现在几乎已没有人将男孩命名为约瑟夫了，因为那听起来又老气又陈旧，一点不时髦。我的交际圈中没有人叫作乔或者约瑟夫，与琉璃共同认识的熟人更是屈指可数。我静下来梳理了一遍记忆，确实没有这么一个名字存在。

死去城市的铁灰色遗骸像一个魔咒，逃离的念头一次又一次升起，我的身体却一次又一次背叛意志，不管望向哪里，都能看到童年的我的影子。我一边想着姓名的谜题，一边漫无目的地慢慢行走，圆形轨道上的寂寞机器人进入我的视野，我脑中突然升起了一个念头。"喂，"我开口道，"可以帮个忙吗？"

"当然，先生！T00485LL 竭诚为您服务！"机器人立刻欢快地冲了过来，它似乎并不理解人类对字符串的差劲记忆力，总是重复自己那毫无意义的名字，可怜巴巴地想让我以姓名来称呼它。

我犹豫了一下，"有没有名叫'乔'的歌手或歌名？"

这个广场、这个名字产生了某种关联，有隐约的曲调在脑中响起，此情此景突然令我觉得相当熟悉，似乎在某个不知是真是幻的记忆片段里,我就坐在这里,听着广场上的音乐声。

"以 Joe 为关键词查询得出 153328 个结果,您要找的是不是 Joe Cocker、Joe Jonas、Joe Nichols……"T00485LL 欢快地唠叨着,我赶紧摆手加以制止,"不不,我想想……"

音乐声由弱而强,来自我深深的脑髓。

"Joe Brown,Joe Lattice……"

音乐声越来越响,越来越响。

我用力回想模糊的片段,直至一阵剧烈的头痛突如其来地爆发,轰的一声在头盖骨里爆炸,浑身上下的每一个神经末梢都接收到了短暂而强烈的疼痛脉冲。

"先生?您怎么了,先生?您需要帮助吗,先生?需要我为您叫救护车或者联系家人吗,先生?"T00485LL 欢快地呼喊道,我知道那不是它的本意,毕竟一个语音合成器只有一种基调,最适合售货员的就是这种该死的乐天派语气。

"我没事……我没事。"我深深屈着身子,将头藏在双膝之间,直到难挨的疼痛过去。这种疼痛我一点都不陌生,自从离开这座城市之后,有许多次,我尖叫着从噩梦中醒来,因头痛而彻夜难眠。医生说我的检查结果完全正常——一如我的心脏——健康得可以活到世界末日的那一天。随着年纪增长,头痛的次数逐渐减少,自从结婚以后,这种电击般的苦刑已经极少干扰我的生活,我也乐于在妻子面前将秘密深深埋藏。

太原之恋

我知道两分钟过后疼痛就会暂时退去,像潮汐暂时远离沙滩,如果此时立刻服下安眠药入睡,就可以阻止下一拨疼痛袭来。但这次我所做的是猛地站了起来,双手抓住机器人的铁盒子摇晃着,"我想起来了!我不知道歌手的名字或者歌的名字,但我想起了一段旋律,你可以通过旋律找到相关歌曲吗?"

"您这样做让我很困扰,先生,通常来说,我们是不太喜欢身体接触的,您身上的汗液对我的皮肤——我是说烤漆——有害。不过我确实能提供哼唱旋律找歌的服务,只需2.99元即可,只要激活服务,一份已付费的App拷贝就会出现在您的移动终端中……"T00485LL轻快地答复道。

我立刻哼出那段曲子。在头痛的黑暗深海中微微发光的是一小段歌曲的旋律,非常简单的曲调,短短两句,没有歌词。在遗忘之前,我将这段旋律连续哼唱了三遍,然后紧张地盯着机器人的显示屏。

"有15个近似结果,先生,如果有歌词或者下一段旋律的话……"T00485LL犹豫道。

"对了对了,类似于二重唱,不不,我是说两个短句每个都重复两遍……"我立刻补充道。

"啊,这就好多了!"机器人快乐地叫道,"匹配结果是唯一的,这是一首创作于1911年的歌曲,歌名是《牧师与奴隶》,作者是乔·希尔。您非常幸运,先生,这首歌的原版录音没有留下,幸好有另一名歌手犹他·菲利普斯在整整一个世纪之前翻唱的版本，现在为您播放 30 秒试听。"

沙沙的背景噪声响起，接着音乐声传来，伴奏只有一把吉他，一个苍老的男声唱道：

> 长发的牧师每晚出来布道
> 告诉你善恶是非
> 但每当你伸手祈求食物
> 他们就会微笑着推诿
> 你们终会吃到的
> 在天国的荣耀所在
> 工作、祈祷，简朴维生
> 当你死后就可以吃到天上的派

伴随着撕裂般的声响和天旋地转的失重感，记忆的冰山轰然崩塌。"乔"这个名字是一颗铁钉，音乐是将名字敲进冰山的铁锤，小小的裂缝不断扩大，悬浮在记忆之海中的坚硬核心终于分崩离析。在失去意识之前，我想起来了。

乔，琉璃，我的父亲，10 年前的那一天，"大卫"身上熊熊燃烧的火焰，鲜血和汽油，这座城市的最后一日。

我想起来了。

太原之恋

05 : 11

我从昏迷中醒来，T00485LL 刚好数到第 580 秒，"先生！先生！你醒了！"它大声嚷道，"若是 10 分钟之后你还不醒来，我就必须联系医疗卫生部门，并作为第一旁观者接受警察部门的讯问了……你没事吧，先生？需不需要药品？我认识一个在附近卖药的家伙，它的药瓶上没有条形码，不过对治疗头痛非常有效……"

"我没事，我要走了。"我用力一撑地面站起来，忍受着眉心后面一阵阵的刺痛，用手拍打身上的灰尘。

"您确定不是因为我提供的食物或者音乐而感到不适？"机器人可怜巴巴地问，屏幕上播放着绿色和蓝色的波纹以表示情绪，"我已经有两次不良信用记录了，如果被那些官僚发现……"

"与你没有关系。谢谢你，再见。"我将西装外套搭在肩上，眺望四周景物确认一下方向，然后大踏步走去。

"谢谢！你的箱子，先生！"T00485LL 叫道，伸出软管手臂拎起那只行李箱，沿着轨道追来。但我前进的方向与圆形轨道垂直相切，铁盒子机器人焦急地左右横移，用最大音量播放《献给爱丽丝》，希望能唤起我的注意。

我没有回头。

我想起了许多东西。模糊的阴影显露出面目，那是一张我无论如何也不应该遗忘的脸庞。我与琉璃坐在卧室的床上开心微笑，是他用相机将这一刻定格；我第一次骑上父亲的自行车，是他在旁边帮我保持平衡；我惹怒提摩西夫人，是他陪我留堂罚站；我在雾气稠密的清晨迷路，是他用手电筒的光芒引导我走上正确的方向；我放学后的秘密基地是他一手建造的；我在草稿本上画下机器人图纸，是他用晾衣架、电动车马达和易拉罐将潦草的蓝图化为实物；我们共同玩耍、长大，看着被丢弃的甲壳虫汽车一天天被灌木丛吞噬，看着琉璃从邻家女孩成长为窈窕淑女。

属于我与她两人的瞬间是虚假的，每一个画面都有他的存在，是他为我们讲解"二人羽织"的表演要领，在上台前为我们鼓气加油，也是他带我们逃出热闹的中央展馆，坐在"大卫"的大理石基座上望着灯火辉煌的城市，等待烟花升起。我们三个人讨论着关于音乐的话题，我们都喜欢老歌，我爱迈克尔·杰克逊、蕾哈娜，琉璃喜欢皇后乐队、蝎子乐队、邦·乔维和涅槃，而他的播放器里装满鲍勃·迪伦、琼·贝兹和朱蒂·考林斯。

那是我在这个小小的群体中第一次被疏远。或许，也是最后一次。

琉璃身上的甜蜜桃子香味还残留在鼻腔里，但她却不再向我看一眼，只用亮闪闪的眼神望着那个男孩，同他谈论着音乐中的力量与反抗精神。我试图插进对话，却发现他们在用一种我不理

太原之恋

解的语言交谈。

"民谣与摇滚的精神核心是重合的,它们拥有同一个根源。"

"如果说根源的话,应该是'日升之屋'吧?"

"啊,你一定要听一听'动物乐队'的版本,在那个年代的英国乐队当中算是最棒的另类。我的播放器里应该有的……就在这里。"

他们分享同一副耳机,身体凑得那么近,以至于我听不清他们的窃窃私语。我无聊地望着天空,直到第一朵烟花在夜空绽放。"放烟火了!快看啊!"我大叫道,扭过头,发现他们之间的最后一丝距离已经借由双唇轻轻闭合。

乔。

他的名字叫作乔,我怎能忘记他?我最好的童年玩伴,我的朋友,我的兄弟,我最敬佩的人。他是个心灵手巧的人,在秘密基地简陋的环境中制造出那么精致的双足机器人,那早就超过了手工课的范畴,简直可以拿到现代艺术品画廊中去展览。他学习成绩极好,喜爱摄影,会弹吉他,拥有一头浓密的褐色头发和一双明亮的灰绿色眼睛。在12岁那年,他就长到一米七,拥有强壮的肌肉和敏捷的身形。他是个值得信赖的人,具有领袖的天然气质,身边从不缺乏追随者。我不知道他为什么喜欢和我厮混在一起,只知道与他一起玩耍的日子,我快乐得像国王身边受宠的小丑。

有一次我问乔，为什么那么喜爱上世纪的古老民歌？他对我说，在遥远的 20 世纪初，有一位诗人、作曲家、工会组织者为工人运动写出无数振奋人心的民谣歌曲，最终被资本家以杀人罪处决。那个人的名字叫作乔·希尔。现在可能没人记得这位民歌复兴运动的精神领袖，但这个名字将永远铭刻于反叛者的墓碑上，永不褪色。

"我和他名字相同。"乔笑着说，"有时候我觉得，这是上帝的安排。"说这话的时候，他的脸上带着与年纪不相称的成熟。

自从 12 岁那年世界机器人大会烟花飞舞的夏夜之后，乔与琉璃逐渐淡出了我的生活。乔并不理解我的冷淡，下课后依旧来找我玩，但我心中已经筑起高高的墙壁，将国王的邀约一次次拒绝。终于，三个人之间疏远了，12 岁男孩的自尊让我不得不独自品尝被遗弃的苦果，躺在床上想起他们出双入对的影子，痛苦地屈起身体忍受深深的孤独。

我恨他，恨国王将他的小丑遗弃（尽管那是我自己的选择），恨他与琉璃在一起的每一秒。

日子过得很快，我们渐渐长大，琉璃在高中毕业之后进入汽车制造厂控股的维修公司实习，乔依照父亲的意愿进入职业技术学院学习机械电子工程，而我在社区大学攻读现代工业设计学位，准备在取得学位之后考入著名大学的研究生院，彻底离开这座嘈杂而阴沉的城市。

太原之恋

那一年,白色的高塔用了短短一个月就出现在城市的正中心,罗斯巴特集团的盾形徽标高高悬在塔楼顶端,像一只奇怪的眼睛在俯瞰整座城市。街道上开始出现各式各样的机器人。起先,机器人做着一些机械性的简单工作,随着州议会政策的逐渐宽松,这些怪模怪样的家伙开始走上正式工作岗位——说是机器人,其实没有一个是人形的,只是一些会移动、能举起物体和发出声音的机械而已,当然,据说还会思考。

也就是从那时起,萧条的气氛开始笼罩街道,工人们不安地议论着减薪和裁员。我的父亲说一切都会好起来的,历史就是这样,城市已经挨过了那么多次经济危机,不会被暂时的不景气击倒。

终于,裁员计划被提前泄露,工业区即将整体关闭的消息如同重磅炸弹爆炸,令一切都乱了套。工会立刻组织罢工——事后想想,资本家早已做好了割掉古老工业体系、建立新秩序的心理准备,罢工和游行又能威胁到谁呢?

我就是在这样一场游行中听到了唤醒记忆的那首歌曲,乔·希尔在1911年为工人运动创作的《牧师与奴隶》。对了,那天我穿过街道从社区大学回家,被游行示威的人流席卷其中。"喔,老克劳福特的儿子!"有人认出了我,我的手中立刻就多出了标语牌、头巾和啤酒,"为什么没有人发给你啤酒?喝光啤酒,举起牌子,再走20分钟我们就吃午饭!"

我不想参与，但没能说出拒绝的话。人群呐喊着口号走过国王大街、绿洲路和铜矿路，兜了个圈子到达纪念广场，在这里休息、午餐。吵吵闹闹的工人坐满了圆形轨道基座，就像下雨时电线上密密麻麻地挤满了麻雀。有人往我手中塞热狗与冰啤酒，广场中心搭起临时高台，四个巨大的马绍尔牌音箱接通话筒，有人登上台向大家讲解下午的游行路线。接着，另一个人花了10分钟宣讲机器人末世论，说这些拥有了身份的铁块终有一天会反过来成为人类的主人。最后，乔和琉璃双双出现在台上，乔抱着他的吉他，琉璃穿着白色棉质T恤衫和蓝色背带裤，短短的头发用红色头巾扎起。

"乔！乔！"工人们举起啤酒喊道。

"这首歌叫作《牧师与奴隶》。今天，资本家说用钞票买断我们未来的工作年限，将我们安置在新移民城市，让我们可以在机器人的服务下舒舒服服地过完一辈子，每日做着虚幻的工作，而明天，我们，我们的儿子，我们的女儿，我们的孙子、孙女和所有后代，就会成为被世界遗弃的垃圾！"乔已经成长为一个英雄般的高大男人，他握着话筒，整个广场的光仿佛都集中在他身上，让他吐出的每一个字眼都带着来自天堂的雄浑力量。"这些资本家正在用无所不在的机器人抢走我们的工作、我们的土地、我们的生活和我们的城市！两百年前，我们的祖先在戈壁滩中央建立了这座城市，如今城市的灵魂就要死去，高炉不再流出铁水，水压机

太原之恋

不再锻打金属,石油不再流动,蒸汽不再喷发,一切将在我们的手中终结……全部终结。"

全场鸦雀无声,音箱中传来空洞的啸音,空气紧绷了,我望着乔和他身边的女人,艰难地咽下口中的食物。

乔没有多说一个字。他引燃了3000名工人的炙热情绪,又任由它在等待中发酵、膨胀,演变为超过临界力量的风暴。所有人都在等待他继续说下去,他却退后一步,托起怀中的吉他。琉璃轻轻握住话筒,闭上眼睛,轻启朱唇。

纤弱而有力的女声响起——

  长发的牧师每晚出来布道
  告诉你善恶是非

吉他扫弦声响起,如遥远天边隐隐滚动的雷雨。

  但每当你伸手祈求食物
  他们就会微笑着推诿
  ……

乔开口了,充满力量感的男声接替了女声。

你们终会吃到的
在天国的荣耀所在
工作、祈祷,简朴维生
当你死后就可以吃到天上的派
……

随着简单旋律的不断重复,工人们开始加入叠复句的合唱。

工作、祈祷!工作、祈祷!简朴维生!简朴维生!

当你死后就可以吃到天上的派
各国的工人弟兄团结起来!团结起来!
当我们夺回我们创造的财富那天
我们可以告诉那些寄生虫!寄生虫!
你得学会劳动才能吃饭!

　　纪念广场沸腾了。音乐的力量让这些卑微的、绝望的、疲倦的工人发出海啸般的怒吼,我相信即使远在那座白色高塔中,大人物们也听得到这种震耳欲聋的呼喊。
　　在这一刻,我却感觉到彻底的绝望。他与她站在高高的台上,唱着一百年前的歌,他是她的约翰·列侬,她是他的小野洋子,他

太原之恋

是鲍勃·迪伦,她是琼·贝兹,他们是一体,彼此契合,无法分割。

我恨自己打开了记忆的封印,让这种痛苦再次置我的灵魂于嫉妒的炼狱。我沿着国王大街快步向前,走过肮脏的街道、破碎的路灯和飘满纸屑的路口。我已经知道琉璃尝试将我引向何方,最后一封信一定藏在那里,我曾经忘却、又终于想起来的开始与终结之地。

我们的秘密基地。

也是乔死去的地方。

03:54

我不知道儿时的记忆缘何被封闭,只知道随着回忆的恢复,某种东西悄悄改变了。这破败的城市、无精打采的阳光、朦胧的雾气开始变得熟悉而亲切,空气中有一种让人心惊的温暖味道。快步走了20分钟,我才发现行李箱和外套被丢在了纪念广场,但那些已经无关紧要,我最需要的是一个答案,而答案就在前方。

邮电大楼出现在街角,这栋六层的楼房表面的绿色油漆已经剥落,大门紧紧锁着。我的心脏不由自主地加快跳动,左右看看,街上并没有行人,远方一台清洁工机器人懒洋洋地挪动八条吸盘腿在一栋建筑物的外立面上行走,街对面的消防栓损坏了,一摊污水汩汩地冒着气泡。

我咽下唾液,慢慢绕到邮电大楼侧面。在这栋大楼与隔壁"罗姆尼螺丝世界"五层楼房的夹缝处,摆着一个立体花坛,这种砖木混合结构的花坛在城市兴盛的时代大量出现于街头巷尾,花坛分为七层到十二层,层架上装有培养土或水槽,里面种植着三色堇、毛蕊花、波斯菊和蝴蝶兰,每个季节都有不同的鲜花开放,让花坛看起来像一道依序移动的彩虹。当然,现在的花坛只是一堆腐朽的木头和生满杂草的泥土罢了。

我蹲下来,一眼就看出新近有人来过的痕迹。这座花坛是我们秘密基地的入口,钻进花架底下,抽出六块底座的红砖,就可以钻进两栋大楼之间的夹缝,那是专属于我与乔两个人的天地。在热衷于机器人的童年时代,我们每天放学后来到这个秘密基地,在机械图纸、组合玩具和稀奇古怪的电子零件上消磨时光。我居然会忘了这美妙的一切,这简直匪夷所思——就像我居然会忘记乔一样离奇。

我挽起袖子,手足并用地爬进花架下方,四周阴暗下来,能勉强看清布满灰土和烟蒂的地面。那六块砖只是搁在原本的位置,轻轻一抽就掉了出来。但我没办法穿过砖墙的洞口,一次冒失的尝试差点让我卡死在秘密基地的入口处,红砖挤压着我的胸腔,肋骨在咯吱作响,昂贵的真丝衬衣被砖块磨破,我用尽全身力气才退了出来,在灰蒙蒙的花架下大口喘息。

太原之恋

花了 15 分钟时间，我才用钥匙链上的袖珍军刀撬下四块红砖，将洞口扩大到适合成年人的宽度。这次我顺利地爬了进去，手脚接触到秘密基地的一刹那，我彻底放松了，一转身仰跌在地，呼哧呼哧地喘着气。这里几乎一片漆黑，两栋楼房相接的遮雨棚没有留下一丝天光，几尺宽的夹缝被两侧的花坛完全封闭起来，或许是设计的疏漏，或许是规划问题，原本应该毗邻建造的两栋大楼并未实际贴合起来，除了城市建筑管理委员会之外，没人知道这个隐秘空间的存在。

知道这里的只有我和乔两个人。在我们逐渐疏远的日子里，我不时会回到这里独自玩耍，也会看到他曾来过的痕迹，秘密基地成了维系我们关系的最后纽带。

直至 10 年前的那一天。

我的记忆从未如此鲜明，以至于一闭上眼睛，就能看到死去的乔那张英俊面孔上的诡异表情。他一只眼闭着、另一只半睁，眸子变成一种雾蒙蒙的灰色，鼻孔微微张开，嘴角上翘，露出几颗沾血的牙齿，齿缝里咬着一截黑色的物体，后来花了好久我才想到，那应该是他的舌头。因为被殴打的痛苦，乔咬断了自己的舌头。

那是一个雾气弥漫的清晨，大罢工的第 16 天，由产业工人掀起的大规模罢工运动已经由这座城市扩展到这个州所有的工业城市。人们扎着红色头巾，挥舞着标语牌、大号扳手和铁锤走在街上,唱着一个半世纪以前那个名叫乔的男人写下的歌谣。我不知道资本家和政客们是否感到害怕,电视上看不到真实的信息,即使人群包围了罗斯巴特集团的白色通天塔,也无法看清高居塔上大人物们的表情。

我也不再去社区大学上课,整日混在游行的队伍里。我的父亲非常反对我参加游行,严厉地训斥我,说那不是我该干的事,可我选择无视他的意见。参加罢工运动对我来说并非出于阶级、道德或政治原因,回头想想,或许我只是想喝到免费的啤酒,然后远远地看琉璃一眼罢了。

那时,乔和琉璃每天都会登台演唱,将乔·希尔的歌曲教给大家,当台下的声音掩盖了音箱的音量、每个人开始挥舞拳头大声歌唱时,琉璃脸上的那种光芒令我无法直视。我心碎地、痛苦地、嫉妒得快要发狂地望着那对高高在上的恋人,品尝着扭曲的蜜水与漆黑的毒药。

我恨他。

我爱她。

所以更恨他。

后来,他们的位置似乎被另一伙人取代了,为首的人整天喊着蛊惑人心的口号,罢工运动正在悄悄向极端的方向发展,乔和琉璃不再出现在台上,工人们也不再唱歌。

第15日夜间,一场冲突发生了,没人知道混乱因何而生,只

太原之恋

看见血与火笼罩了钢铁之城，整座城市都在熊熊燃烧。电力供应中断，手机失去信号，电视新闻没有报道，无数人在呐喊，汽车爆炸的火光在一条条街道上如烟花般闪烁，烟雾升起，星空黯淡，每个人都疯狂了。我对这一天的记忆非常模糊，只从很久以后的新闻片段中看到了那可怕的画面。

第 16 天，由工人组成的城市防卫队——那时，刚刚问世服役的机器人警察已经全部被砸毁了——在巡察中发现了乔的尸体。他倒在邮电大楼旁边，身体因被殴打和践踏已经不成形状，左手藏在身下，右手伸向花坛的方向，指甲在地面留下长长血痕。在发现他之前，我所在的这支防卫队已经找到了 60 名遇难者的尸体，其中包括我的父亲。在这一刻，我很奇怪地陷入了游离的精神状态，镇定自若地用酒精棉球擦去乔脸上的血污，将他装入黑色的裹尸袋。

我知道他最后想要到达的地方，不是那座花坛，而是花坛背后的秘密基地，但我没有任何反应，甚至没有去思考其中的意义。

剧烈的头痛突然袭来，阻止我继续回忆下去。我慢慢站起来，掏出手机照亮秘密基地狭长的空间。这里的一切都没有变，我们用硬纸板分隔的工作间、储藏室、书房、食品间和机械库依然如旧，只是以成年人的视角来看，这里的一切都像幼稚的过家家游戏的道具。

一个洁白的信封摆在工作间的书桌上，那张桌子是我们费了好大力气偷偷运来的，桌上积满厚厚灰尘的机器人画册、图纸和照片曾是我们最珍贵的宝物。我拈起信封，撕开封皮取出信纸，纸上写着：

你终于做到了，大熊。你想起一切了吗？我在工作地点等你，你知道我在哪里。

PS：这是最后一次反悔的机会。

03：20

我当然知道琉璃在哪里工作。事实上，我曾不止一次在那个隶属于汽车制造厂的机械维修公司外面驻足观望，希望在裸着上身的机修工人、冒着热气的液压举升机、坏掉的汽车和沾满机油的墙壁中间找到那个黑发女人的轮廓。我从没看到过她，她也未曾察觉我灼热的视线，这是件好事，我心中一直迷恋着这个遥不可及的女人，却不知怎样开口说出一句问候。距离12岁已经太遥远，我们之间的距离将我对她的感情酿成有毒的苦酒，将她对我的回忆装进疏离的坟墓。

手表显示还有3小时20分，那是她给我的最后期限。游戏已经结束了，只要沿着铜矿路走到尽头，就能在右手边找到"吉姆-吉姆尼"机械维修公司的大楼，找到那个有着水蜜桃味道、穿着

太原之恋

白色棉袜子的东方女孩。

铜矿路是贯穿城市中心的主干道,我背后矗立着罗斯巴特集团分公司的白色高塔,前方是空阔无比、被迷雾覆盖的道路。这时候阳光隐去,雾气仿佛变得更加浓密,一辆布满灰尘的汽车从雾中驶来,有气无力地响了一声喇叭,掠过我的身边,卷起刚刚落下的一捧黄叶。一台体形跟雪纳瑞犬差不多大的机器人不知从哪儿钻出来,利索地将落叶吸进集尘器,然后用盒装身体上顶着的摄像头眼巴巴地瞅着我。

我知道它在等我吐出口中的尼古丁咀嚼片,"不。"我做出拒绝的手势继续前进。机器人失望地垂下摄像头,钻回道边的排水沟。现在的我感觉疲惫、头痛、胸口疼(应当是爬进秘密基地时弄伤了肋骨)、心慌意乱,此时口腔中释放的每一毫克尼古丁对我来说都无比重要,用力咀嚼着口中的东西,我咽下带着薄荷味道的口水,佯装这能够带给我力量。

回忆仍然在不断苏醒,乱哄哄地挤进我的脑袋,我竭力什么都不想,机械地抬起脚、落下,抬起脚、落下,经过一间又一间贴着封条的店铺,在一台又一台清洁机器人的注视中前进,就这样走完了整条铜矿路。橙红色的建筑醒目地出现在右前方,"吉姆-吉姆尼"机械修理公司大楼看起来像一个超大号的圆柱形油桶,当时算是这座严肃城市中最新潮的建筑物之一,这里除了修理汽车、工程机械、机床设备之外,还开展了机器人的保养与维修服务,不过自从罗斯巴特公司的白色高塔出现，就没有过一名机器人顾客光顾。

几名吸毒者在路边谈着什么，一看到我就隐入雾中，不见踪影。机械修理公司大楼没有如整座城市般褪色，依然是耀眼的橙红，不过楼顶似乎有些异样。我眯起眼睛望去，发现那是一大群黑压压的乌鸦，无数乌鸦安静地站在大楼顶端一动不动，如同一顶古怪的黑色花冠。

这可不是什么好兆头。我的脑袋又开始疼痛。

大楼的门紧紧锁着，贴着黄色封条，透过蒙尘的落地玻璃我看到了自己的形象：穿着卷起袖子的肮脏衬衫，头发散乱，满脸污痕。短短几个小时，我就从系着真丝领带、端坐在办公室里啜饮咖啡的中产者变成了这副狼狈模样。够了，5秒钟以后，我就能让这一切结束。见到她，拒绝她，无论她提出什么要求。

我从地上捡起吸毒者丢下的空酒瓶，用力向玻璃门砸去，砰！瓶子立刻粉碎，警铃声响起，接着迅速微弱下去，一定是这一声最后的呐喊令其电池耗尽了能量。

"要跟人打架的话，酒瓶可以随时变成刀子，但一定要记得，用整瓶啤酒去砸才能造出锋利的刃口，空瓶子的话，会碎得只剩下一个瓶颈握在手中。"放学的路上，乔如此对我说道——他似乎什么都懂，见鬼。

我开始捶打那扇门，捶得如此用力，以至于整条街道都回荡

太原之恋

着拳头与玻璃碰撞发出的闷响声。我不知道警察是否会赶来,铜矿路是这座荒芜城市中机器人最密集的地方,州财政拨款维护着这条主干道,为破产的城市留下最后的尊严。在这一刻,我心中甚至生出一个想法:如果警察现在能够将我拘捕,也未尝不是一件好事,在缴纳罚金之后,我就可以乘坐警车前往中央车站,头也不回地离开这里,再不回来。

"喂!"

琉璃的声音响起。

心脏传来熟悉的疼痛悸动,这一声呼唤犹如闪电击穿灵魂。

我的动作静止了,透过玻璃门看到自己目光游移的倒影。我这一生从未感到如此狂喜,也从未感到如此恐惧。直到这一刻,我才明白一路彷徨只是自欺欺人的伪装,深藏心底的炙热情感一旦打开缺口,冲动就化为滚滚流淌、散发着毒气的熔岩,为了见到她,我愿意与魔鬼签订契约抛弃一切!但她是真实的吗?在这么多年之后?是否我抬起头来,看到的只是镜花水月的幻影?

"喂,上来吧,别闹了。一楼的门是打不开的。"

我慢慢抬起头,动作如此缓慢,以至于全身上下每一条肌肉都因为僵硬而颤抖。

午后的阳光穿过雾气,洒下柔软的金黄辉光,二楼一扇窗子打开了,她在那里,带着笑,轻轻挥动手臂。

我听到自己胸口传来爆裂的声音。格林童话《青蛙王子》中王子的仆人亨利看到主人变成一只青蛙之后，悲痛欲绝，在自己的胸口套上了三个铁箍，免得他的心因为悲伤而破碎。当王子被公主唤醒，忠心耿耿的亨利扶着他的主人和王妃上了车厢，然后自己又站到了车后边去。他们上路后刚走了不远，突然听见噼里啪啦的响声，好像有什么东西断裂了。路上，噼里啪啦声响了一次又一次，每次王子和王妃听见响声，都以为是车上的什么东西坏了。其实，忠心耿耿的亨利见主人如此幸福而感到欣喜若狂，于是，那几个铁箍就从他的胸口上一个接一个地崩掉了。

此时此刻，我胸口的铁箍正因无限巨大的幸福而一个接一个地爆裂，那些为了不再想起她而筑起的钢铁樊篱都一一碎去。我是爱上公主而背叛王子的亨利，3650个自我逃避的日子过去，这一刻，我获得了新生。

"消防楼梯在大楼后面，慢慢爬，有些地方生出了青苔，有点儿滑。"她说。

"知道了。"

懊恼、疼痛、疲惫、失望、愤怒如初雪融化，心情瞬间平静得如同冬季月光下的密歇根湖。这种改变让我觉得奇怪，但又不纠结为何奇怪，仿佛知道任何不合理的事情都一定可以得到合理的解释，也就不再在意解释本身了。此刻，我的心脏仍在剧烈地跳动，但手指已不再颤抖。

我绕到大楼背后，在遍地垃圾中找到消防梯，小心地踏着滑

太原之恋

腻腻的苔藓攀上二层。跨过一道门槛（也可能是一道窗棂），我见到了琉璃。

她穿着白色棉质T恤衫、蓝色背带裤，戴着白色耳机，头发短短的，明亮的眼中带着笑意。在这一刻，我突然发觉其实一直以来我都不记得琉璃的样子，就算刚看过她与我12岁夏日的合影，一转眼，她的脸孔就会变得模糊；但我如此确定现在站在眼前的人就是她，她并非泛黄照片上的空洞笑脸，而是温热的、活生生的、散发着水蜜桃香味的氤氲光影，就算闭上眼睛，也能感到她的存在，那个12岁女孩笑靥如花的灵魂。

一种名为"幸福"的甜蜜物质被心脏泵入四肢百骸，我心中充满了舒适的温暖与辛酸的疲惫，打量着对面的女人，不愿挪动视线一秒。

"大熊，我以为你会变很多，没想到还是这副模样。"琉璃歪着脑袋打量我，露出尽力忍住笑的表情。她脸上擦着几道黑黑的机油痕迹，手上戴着脏兮兮的工装手套，看起来刚才还在工作。

"那个，全都弄脏了，还划破了几处……谁让你把信藏在那种地方的？"我有点儿尴尬地掸着衬衫上的泥土，鼓足勇气反过来质问道。

"我怕你的记忆不容易恢复，就想办法尽量帮帮你。看来你都想起来了，对吗？"琉璃的眼睛弯弯的，几道俏皮的鱼尾纹出现在眼角。

"想起了很多。"我回答道,"我居然会彻底忘掉乔的存在,真是太奇怪了……还有惨剧发生的那天晚上。乔是死于暴动的游行者手中吗?对不起,我不应该提起的。"

琉璃用黑色的眸子盯着我,"没关系。这么说,你还没完全想起来。或许只到这个程度就够了吧……大熊,你愿意为我做一件事情吗?"

"愿意。"我回答道。

"可我还没有说是什么事情。"琉璃惊讶道。

"那你说说看。"我说。

"是关于……"琉璃开口。

"愿意。"我再次回答道。

"让我说完!"琉璃怒道。

"好吧。"我说。

"我要你陪我去做一件事情,可能会死的——不,应该说一定会死的吧。"琉璃犹豫地说。

"愿意。"我说。

"为什么?"琉璃显得有些不解,"我知道你和乔的关系,如果你想起了最要好的兄弟的事情,应该会帮助我的,但你明明没有全想起来……"

"想起什么?你可以告诉我吗?"我问。

"不,别人告诉你的话,你会认为那是一个谎言。"琉璃指着自己的太阳穴,"只有相信这里。靠自己吧,大熊。在此之前,你还愿意帮我吗?"

"愿意。"我说。

"好吧。"她说。

她带着我穿过房间。房间乱糟糟地堆满图纸,一台老旧的电脑显示着机械的复杂蓝图,墙角高高摞着罐头盒子和啤酒易拉罐,空气中有一种机油混合了烟草的熟悉味道。"啊,抽烟吗?"她掏出烟盒抛过来,"在大城市不太容易买到香烟吧。"

我很自然地吐出尼古丁凝胶,抽出一根烟衔在嘴里,"有火吗?"

"什么?"琉璃停下脚步转回头,"哦,抱歉。"她摘下耳机揉成一团塞进兜里,"正在听歌。喏,打火机。"

"谢谢。"我接过打火机,点燃香烟。在我所居住的城市,这一举动意味着高达 50 元的烟草税、环境税与健康税,还要加上体检报告上的鲜红图章。不过此时,我感觉到的只有醇厚的舒适感。让咀嚼片见鬼去吧!这才是真正的尼古丁!

琉璃在前面带路,我跟在后面。她的头顶只到我下巴的高度,从这个角度可以看到她如男孩一样的短短发梢、长长的脖颈和裹在 T 恤衫里纤细的背影。我今年 32 岁,那么她今年也 32 岁了。不再交谈的 20 年,未曾见面的 10 年,她都经历了什么?她是否嫁人生子?为什么她还逗留在这座毫无希望的城市?她为何要给我写信?她要我帮忙的事情又是什么?

这些问题我一个都不想问。就这样一起行走，望着她的背影，就够了。

我们走出房间，穿过一条短短的回廊，推开一扇门，来到一个平台。

"喏，就是这个。"琉璃指指前方，倚在护栏上望着我，"希望你喜欢。"

我没有说话。

"吉姆－吉姆尼"机械修理公司的圆柱形大楼是中空的，房间呈环状附着在楼壁，中央是一个巨大的柱形空间。我先看到许多大口径不锈钢管被电缆、液压机构和油管缠绕着向上延伸，抬起头，就发现那其实只是一截小腿而已，膝部轴承关节以上是直径更粗的钢管和液压机构，在胯部与联动机构相接，具有应力结构的多节脊椎托起不锈钢栅板覆盖的胸腔和凯芙拉多层垂帘防护的腹腔，胸腔中装有动力核心，而腹腔则安放着变速器和传动装置，肩部轴承通过锁骨结构连接胸腔与上臂，手臂的液压结构更加复杂，能直接将动力输送到每一根手指末梢，脊椎顶端带有减震系统，上面安放着半球形的头颅，头颅处敞开一扇气密门，露出乘员舱的点点灯光。

巨大的机器人静静地站在大楼内，看起来像剥去皮肤与肌肉的金属巨人标本，又像放大千万倍的小学生劳动课手工模型。它的外形毫无美感可言，比例失调，管线外露，而结构设计更充满了幼稚可笑的缺陷,那是只有小学生才能想出的异想天开的设计语言。

但我对它是如此熟悉。

这是我和乔花费大量时间在秘密基地中设计出的巨大机器人,我们管它叫"阿丹",那是伊斯兰教经典里全世界第一个男人的名字。我们画下无数图纸,对每一个数据详细推敲,激烈讨论着动力系统的配备,为乘员舱的位置伤透脑筋……这是我们最棒的作品,而那些日子是我们最好的时光。

如今,"阿丹"从少年涂鸦的稿纸走入现实,它是如此巨大,以至于我一直仰头观看,几乎弄伤了脖子。

"喜欢吗?"琉璃微笑问道。

02∶58

"就连数据……都与图纸上的一样吗?"我望着巨大的机器人,声音在空洞的楼内回响。

"高24米,重190吨,臂展17.4米,步幅9米。"琉璃靠在护栏上点燃一根香烟,介绍着这个庞然大物。

"动力系统呢?"我努力回想着当时的设计,空想的世界里不需要什么逻辑性,我们完全可以给"阿丹"安装一台10万马力的核裂变发动机,再在它的全身装满火神机关炮、导弹、激光发射器和电磁炮,但当时,我与乔只是非常谨慎地设计了一台峰值输出为3.5万马力的氢能源燃料电池发动机,使用传统的轴传动加液压系统,而不是更加方便的发电机——电动机结构。

这时,头顶有振翅声传来,几只乌鸦围绕着机器人盘旋几圈,嘴里衔着亮晶晶的螺丝钉和铜线,穿过半透明太阳能天花板的破洞飞走。

"这些小偷很喜欢发光的东西,慢慢就越聚越多了。"琉璃吹了声口哨驱赶乌鸦,"抱歉啦,大熊,就算拼了老命我也找不到合适的动力核心,现在安装的是来自报废坦克车的两台罗尔斯·罗伊斯牌V12共轨增压柴油机,最大输出功率4200马力;变速器则来自海岸警卫队的德尔塔IV巡逻快艇残骸,是ZF公司出产的9挡液压变速箱,修复它花了我很大力气!胸口部分两台柴油机的输出功率经液力变矩器传递至腹部的变速箱,从变速器经万向传动装置输出至裆部的分动器,分动器再经万向传动装置送往各个驱动桥。轴输出提供轴向力,头颈、四肢一共有5个液压系统,液压系统提供径向力。"

"才4000多马力,这样的马力重量比只能让它勉强动起来而已吧。"我脱口道,同时心中默默计算着数据。

"喂喂,端正一下态度吧,老兄。"琉璃探出身子拍拍机器人的大腿,"在没有任何人帮助的情况下,我一个人做成了这么厉害的

太原之恋

大家伙,你是要继续吹毛求疵下去,还是动脑子想想你面前的女人应该得到什么样的称赞?"

"这太棒了,琉璃。我不知道该怎么表达。"我说,"我小时候做过的无数梦里面最酷的一个,就是驾驶着巨大机器人与坏人展开殊死搏斗……但你做了一件毫无意义的事情,这样的机器人,一点价值都没有!"

对面的女人突然眉目弯弯地露出微笑,"好吧,反正还有一点时间,我们可以好好聊聊这个话题,你喝啤酒吗?虽然不冰,不过幸好还在保质期之内——我们有多久没见面了,十几年?"她一边说着话,一边从背带裤兜中掏出控制板,在上面点了几下,嗡嗡的电动机工作声传来,我们脚下的平台开始沿着大楼内壁的螺旋形轨道旋转上升。

"10年整。"我回答道。随着平台的移动,我可以自下而上将巨大机器人的细节一览无余。所有的非标准件应该都是身边的这个女人用车床手工制造的,精度很差,也没有经过打磨抛光,焊接点显得非常粗糙,电路和油路走线混乱,应当由凯夫拉防弹材料覆盖的腹部其实只是挂上了几层破烂帆布而已,让机器人更像一具缠着裹尸布的骷髅。长期从事的职业让我不得不以挑剔的眼光审视这个作品,从设计师的角度来说,这简直是一个灾难。

但同时,我的心脏在剧烈跳动,仿佛童年的自己想要跃出胸膛、将这伟大的造物拥入怀中。我无法表达心中的激动,全身上下每一个细胞都在惊叹、战栗,就算故作镇静,说话还是会带上颤抖的尾音。乔当年制作的那个精美机器人模型正是按照"阿丹"的设计图完成的,如果他如今还在世,会不会同我一样,在这个巨大的机器人面前欣喜若狂?

平台升至轨道顶端,"咔嗒"一声停止下来,从这个角度可以清楚看到机器人头部乘员舱的内部构造,同设计图一样,里面的空间非常狭小,一张座椅悬浮在200支柔性液压支撑杆中间,星罗棋布的仪表和按钮布满座椅前的操作台,几盏绿灯亮着,象征着机器人处于电路自检完毕、可以启动的状态。这一切都与我们当时的设计一模一样,甚至连指示灯的位置都没有改变。

"你没有对图纸做一点改进吗?12岁孩子画出的图纸?"我悄悄攥紧衬衣一角,以防自己发出激动的喊声,口中吐出的却是挑剔的言语。

"不用怀疑了,这就是你们的'阿丹',大熊。"琉璃轻轻抚摩着机器人的钢铁皮肤,"无论合理还是不合理的地方,我都完全重现了。"

"可是……'阿丹'它并不科学,从理性的角度……"我艰难地挤出几个字。

"那又怎么样呢?"秘密基地里的充电应急灯照亮乔的脸庞,12岁男孩扬起眉头,那种充满理想主义精神的天真表情并未死去,穿越漫长的时间,在20年后的黑发女人脸上重生。

太原之恋

02∶30

  我的工作是为罗斯巴特公司设计机器人。在机器人三定律的基础上，罗斯巴特集团生产的模拟神经元中枢处理器给机器人带来独立思考的能力，这种生物计算机具有 2.5 亿万个神经细胞，其工作原理与人脑相当类似——尽管与具有 1000 亿神经元的人脑相比，它在归纳、判断、联想与抽象化思考等方面远远不足。

  在州议会修改宪法之后，机器人的生存权利得到了承认，与此同时，"制造"机器人转变为机器人的"生殖"。之前罗斯巴特公司制造的 200 万名具有人工智能中枢的机器人成为原始族群，它们开始竞争社会工作岗位，为自己的生存赚取金钱，自由结合为伴侣。有人担心这些由金属和集成电路组成的异类不具有繁衍后代的自然责任，但事实证明这种担心是多余的，即使不加以规定，机器公民也很愿意建立"家庭"，并且共同抚育后代。200 万名原始机器人分为 1025 种型号，每种型号的外形与功能都完全不同，而同种型号间又由于批次、零配件和装配工艺等原因出现差异，这些差异成了某种遗传基因，在"生殖"过程中被保留且放大，最终形成了家族的决定性特征。

  两名机器公民伴侣联合提出生殖申请，经州立管理委员会通过后转交罗斯巴特集团高级定制部门办理，定制部门将根据机器人伴侣的主观意愿（在允许范围内对某种特征的强调）及客观因素（显著特征、付出的金钱）计算出下一代机器人各项数据的模糊边界，将关于外观设计的部分外包给控股子公司完成，最终由集团工业机械部门完成制造。

  我的工作就是根据高级定制部门给出的数据边界，设计出崭新的机器人，从某个方面来看，这与上帝的工作并无不同。多年以来，成千上万的新时代机器人从我工作室电脑屏幕上的草图变为实体，遗传显示出恐怖的力量：崭新的机器人形态开始出现，旧式的机器人被社会淘汰，用尽最后一丝电力，变为阴暗小巷里生锈的废铁；结构更合理、效率更高、更美观的机器人走上工作岗位，用勤恳高效的态度赢得雇主欢心。由人类控制生育率和生殖过程，这是州政府锁在机器人脖颈上的最后一根锁链，没有人能否认机器人正在让这个世界变得越来越好，但直至今日之前，我都没有认真考虑过机器人存在的意义。归根结底，作为人类的创造物，它们的自然使命到底是什么？

  这个问题的答案曾经非常简单。

  琉璃坐在我身边，喝着一瓶温热的啤酒，她身上的气味没有丝毫变化，挂着两道油泥的侧脸被阳光照亮，尘粒在她鼻尖短短的绒毛上轻盈飞舞。"呸！真难喝。"她有些恼怒地放下瓶子，"明明还有几小时才到保质期的，却已经酸成这个样子了！"

太原之恋

"我是说,人形机器人是最不科学的东西。"我说。我裸露在外的手肘不小心触到她的臂膀,比20年前更加强烈的电流透过皮肤、肌肉和骨骼,闪电般刺穿了我的心脏。

"为什么?说说看。"琉璃侧过头来问。

我们肩并肩坐在一张双人床垫上,半透明天花板上站满了乌鸦,浑浊不清的阳光穿透雾气和太阳能玻璃照进室内,把这间起居室割成光暗分明的两半。阳光已经倾斜了,或许用不了多久就会天黑。床垫、衣柜、冰箱、水槽、电脑、工作台和电唱机,屋里的一切显得陈旧而凌乱,没有任何带有女性特质的物品,甚至没有一面化妆镜。只有靠近琉璃身边,那种淡而甜蜜的水蜜桃香味才会提醒我主人的身份,房间也因此变得温暖起来。

"还需要说明吗?一直以来,人形机器人都只是科技企业向社会展示技术的手段而已,双足行走是人类在进化过程中为了解放双手而必须承受的原罪,机器人没有任何理由花费大量资源重现这种不科学的行进方式,双足机器人能够胜任的工作,更廉价且可靠的履带或多足机器人可以完成得更好。而巨大的人形机器人,那只是动漫作品中不切实际的幻想吧……"我想了想,如此回答道。

"那你和乔当初为什么对巨大的人形机器人那么痴迷?"

琉璃的这句话问得我哑口无言。

我们一起沉默下来。琉璃抬手用遥控器打开电唱机,扬声器传出齐柏林飞艇的《十年飞逝》，我们静静地听吉米·佩吉令人心碎的吉他声在昏黄的阳光里回荡。一曲终了，下一首歌曲的前奏响起，手表上的鲜红数字不断跳动，提醒我必须得主动开口说些什么。"距离那天正好 10 年，真是个巧合呢。"我说，"你的父亲……他还好吗？"

"和他的老工友一起住在 400 千米外的新移民城市，依靠遣散金生活，每天进行 8 小时的虚拟工作，赚取一点儿网络信用点。他挺后悔当初的选择，不过人一旦选择了放弃，就再也没有机会了。"琉璃淡淡地回答道，"有一次他在电话中说起他很羡慕你爸爸，'死在最好时候的幸运老杂种'——这是他的原话。"

我苦笑着摇摇头，"毕竟我们还活着，不是吗……我突然想起我与乔对巨大双足机器人着迷的原因了。"

"因为那很酷。"琉璃放下啤酒瓶哈哈大笑起来，"对吗？"

"没错。"我不由得随之露出笑容。

我想了很多。"机器人"一词由"苦役"和"奴隶"的词根变化而来，其存在的原始意义是为人类提供服务，但没有人会否认，这种人造物其实也是孤独人类自我欲望的表达，巨大双足机器人是对人类存在形态的极端夸张，是充满雄性特质的钢铁图腾柱。崇拜巨大机器人，实际上就是崇拜人类之存在本身。

然而，机器人的定义究竟是什么？现代文明将它定义为某种自动控制装置，具有在不确定情况下进行感知、决策、行动能力的

太原之恋

活动机械，人工智能是这个定义的最佳表达。按照这个标准，我与乔设计出的"阿丹"根本就不是机器人，仅仅是一架人类手动操纵的大型机械而已，其本质与挖掘机并无不同。然而，自从见到这惊人的巨物之后，我未曾有一刻怀疑"阿丹"的身份，它不仅是机器人，而且是我所见过最纯粹、最粗糙与最美丽的机器人。

是的，12岁的我们认为所谓"机器人"，就是具有人类形态的机器，它明明由钢铁制成，却拥有人的体形与灵活的手指，可以大步奔跑，每个关节都能够灵活转动。长大之后，形态为功能服务的古怪机器人充斥社会，我早已忘记了孩提时的想法——这真是可笑，还有什么能比巨大的人形机器人更酷？

01：59

我们像昨天刚见过面的老友一样毫不陌生，聊的却是阔别10年的遥远话题。我们听着枪花、黑色安息日、滚石、涅槃和皇后的老歌，谈着笑着，喝光了半打临近保质期的啤酒。阳光逐渐西斜，室内昏暗下来，我突然想起一个问题，"你给我的最后期限是什么意思？我的手表显示还有一个多小时就到了，会有什么事情发生吗？"

"啊，对不起。"琉璃不好意思地说，"我这个人不大容易做决定,所以喜欢定下一些期限帮助自己下定决心,那个期限只是这些啤酒的保质期到期时间而已,好在我们把它们喝光了。"

"帮助你下定什么决心?"我举起空啤酒瓶,借着暗淡的阳光瞧了瞧,果然马上就要过期了。我丢下酒瓶后问。

"下定决心启动'阿丹'。"她回答道。

"它还从来没有启动过吗?就算引擎试机也没有?"我问道。

琉璃点点头。暮色中看不太清她的脸孔,只有一双明亮的眼睛在发光。"维修公司关闭以后,每个人都离开了,只有我偷偷留了下来,如果被警察发现的话,一定会被判非法入侵罪吧……幸好后面的解体厂还有很多零件留下来,而机器警察对低于 55 分贝的噪声没什么反应,我才能慢慢地建造这台机器人,就算这样,也才刚刚完成呢。"她说道。

"你独自在这里生活了 10 年?就为了这台人形机器人吗?你的生活来源是什么?"我惊讶地问。

女人露出了笑容:"废弃的城市可是一座金矿呢,你不知道那些黑市商人肯为一个小小的机床轴承花上多少钱……这并不重要,重要的是,你现在出现在这里,愿意帮助我一起启动机器人。10 年前我决定独自完成这一切,可几个月前,'阿丹'即将竣工时我才发现,一个人根本没办法操纵这样复杂的机械,机器人的原始图纸上没有电脑控制的总线结构,'阿丹'没办法自动保持姿态,要改为程序控制的话,相当于将'阿丹'重新建造一遍,而且……

那样做的话,'阿丹'又与那些杀人犯有什么差别呢?"

"杀人犯?你说那些机器人?"

"没错。造成惨案的人,住在白色高塔里的怪物,杀死乔和你父亲的元凶,毁掉这座城市的家伙。"琉璃平静地吐出带着深深仇恨的字眼,"那些能够思考的机械。"

"所以,你要做的是……"我脑中产生不祥的预感。

"为乔复仇,为你的父亲和我的父亲复仇,为这座城市复仇。"琉璃伸手指着窗外,透过积满尘埃的玻璃窗,在雾气沉沉的城市中央,罗斯巴特公司的白色高塔静静矗立在暮色中。

我不知该说些什么。自从见到"阿丹"的那一刻起,我就想到了这种可能性,但当可能性真的成为事实,这疯狂的想法还是令我震惊。"琉璃,在现在的法律框架里,机器公民与人类具有基本同等的权利,毁灭机器人的存储芯片等同于一级谋杀的重罪!就在前几天,一名专门向流浪机器人下手的零件贩子因35桩机器人谋杀案件而被判处605年监禁,大陪审团全票宣判罪行成立!这些你知道吗?"我猛地站了起来,大声说道。

"那你还愿意帮我吗?"她露出了熟悉的表情,微微挑起眉毛,抿着嘴,用眼睛直直盯着我的双瞳,那种倔强而决绝的表情20年来未曾改变。一旦认定一件事情,就算上帝也不能迫使她改变意愿。

"我愿意。"在大脑反应过来之前,一个声音脱口而出,替我做出回答。

在这一刻，我不知道自己在想些什么，只看到面前女人嘴角的曲线慢慢舒展，绽放出一个破冰的灿烂笑容。"从小就是这样，我一直搞不懂你，但不知道为什么，有事的时候又总想找你帮忙。"她伸手拍拍我的肩膀，"我与乔在一起的时候很多次想去找你，不过乔说你是要考上大学、走出这座城市的人物，不想耽误你前进的脚步……其实你一点都没变呢，大熊。"

这个时候，千百个念头突然涌进我的大脑。我的地位，我在另一座城市高尚而安逸的生活，我崭新的公寓，我的汽车，我的职业，我的狗，我的妻子——哦，我可爱的大狗。脑中的天平开始倾斜，理性的天使开始在托盘上迅速增加砝码。那些砝码，是我如今拥有的一切；而突然间，感性的恶魔浮现于脑海，用一句话就改变了微妙的平衡：别蠢了，自从接到信的那一刻起，你的命运就已经注定了，你奔波千里回到这座城市的原因，不就在于此吗？在你曾经被封锁、如今破茧而出的记忆里，不是藏着对这个你一手塑造出来的现实世界的深深仇恨吗？你以为已经彻底改头换面，可光鲜的外表下又藏了些什么？你躲得掉那些阴暗的回忆吗？戴上眼镜就看不到机器公民身上的鲜血了吗？你的灵魂，不正在死去的城市那郁郁不散的雾气中夜夜挣扎，想要找到一个彻底的解脱吗？

西装革履的我在脑中捂脸哭泣，满面纯真的 12 岁少年撕开考

太原之恋

究的手工西服,从自己体内出生,接着幻化为22岁青年扭曲的脸。大火燃起,城市在呻吟,高大的机器人塑像"大卫"成为明亮的火炬。那一夜,我并非旁观者,我的喉咙很痛,因为整夜在嘶吼毫无意义的言语,我的手中握着沉重的不锈钢撬棍,撬棍上沾着鲜红的血,不知属于谁的鲜血。无论从城市的哪个角落抬头望去,都能看到那座白色的高塔,机器人警察消失无踪,撬棍落下,溅起腥臭的霓虹。

"要我做些什么?"我缓缓抬起头,"另外……那一夜到底发生了什么?"

"你马上就会知道。"两个问题,得到了一个答案。

01:35

她带着我走出房间,乘坐移动平台来到巨大机器人的头部,"乘员舱是为一名驾驶员设计的,所以会很挤,这得怪你,毕竟图纸是你画的。"琉璃抱怨了一句,伸手抓住扶手,身体灵巧地荡进驾驶舱,陷进柔软的座椅中。"过来,坐在我后面。"她招手道。

"现在看来,这应该是很幼稚的设计吧……"我苦笑着上前,踩着横七竖八的液压支撑杆走入驾驶舱,勉强在她的身后挤下,我们俩的身体立刻紧紧地贴在一处,连一丝空隙都没有,我得努力扭转脖颈,才能避免把鼻子埋在她的发丝中。

"因为这是乔的心愿。"琉璃说,"他曾经无意中提起你们的秘密基地,所以当见他最后一面的时候,我完全明白他最后的遗言。'进入秘密基地,拿到图纸,造出巨大的机器人,然后……复仇!'这是他的心愿,我没办法拒绝。"

她按下一个按钮,舱门缓缓下降,接着"砰"的一声完全闭合,换气扇嗡嗡启动,四周变得一片漆黑,唯有狭窄的瞭望窗有光线射入。

几秒钟后,星星点点的灯光从黑暗中亮起,无数萤火虫般的五彩指示灯将我们包围其中,仪表、按钮、旋钮、拨杆和手柄浮现四周,这一切都与我童年的梦想一模一样。而在那些羞于启齿的梦里,我并不是独自驾驶机器人奔驰于高楼之间,在我身边,就有着这样一个水蜜桃味道的女孩。

我甚至不用询问那些仪表和按钮的功能,这一切都太熟悉了。我拨动座椅右上方的开关,座椅传来微微的颤动。"这是开启液压减震的开关,对吗?"我确认道。

"没错,不过发动机还没有启动,现在油泵是没有动力输入的。"琉璃回答道,"头顶上有一个操纵杆,把它拉下来,那就是我要你负责的事情。"

我伸出双手,从天花板上拉下操纵杆,由于座位上挤了两个人,操纵杆很别扭地垂在琉璃胸前,我只能从她腋下伸出手去握

太原之恋

住左右两个手柄。"抱歉。"我说。"没事。"她说。这个操纵杆是设计来控制武器系统的,不过,我没在"阿丹"身上看到任何武器。

"我用尽办法,都没能搞到重型武器,管制实在太严格了。"琉璃果然如此说道,"现在这个手柄是用来控制机器人的上半身动作的。人形机器人的平衡很难掌握,我只能尽量操纵双腿双足完成走路、小跑和跳跃的动作而已,没办法兼顾上肢,无数次模拟都失败了。当没有任何办法的时候……想起的就是你。"

我试着扭动一下左右手柄,手柄各分为三节,末端有五个小拨杆,不难理解它与手臂关节、手指的对应关系。"我懂了,当时我们设计由驾驶员的双脚负责脚步动作,双手通过这种手柄控制手部动作,但我们把双足机器人的下肢平衡看得太简单了,仅仅是慢走就要花费很大精力去控制,随时根据陀螺仪和角速度传感器的读数进行微小调整。真是幼稚的想法。"我感叹道。

"不仅如此,还要根据上半身的重量转移进行相应调整,注意脚下平面的坡度、高度差和障碍物高度,控制步幅和功率输出。"琉璃握着复杂的操纵杆摇摇头,短短的头发弄得我鼻子痒痒的,"真是让人手忙脚乱呀……"

"对了,油箱的续航力怎么样,以80%功率输出的话?"我在右侧找到油量表、功率表、转速表、水温表和油温表,由于没有启动,这些仪表都还没有读数。

琉璃想了想,"大约够运行一个小时吧,油箱再大的话,重心就不平衡了。"

我点点头,"那么我总结一下,你想用依照12岁儿童画的图纸、由一名女工程师独立建造、没有任何武器装备、管线全部裸露在外面、装甲薄得像纸片一样、续航时间只有一个小时、机械传动、手动操纵、从来没有经过试机、连能不能发动起来都成问题的人形机器人,来对抗罗斯巴特集团成千上万的机器人,包括巨大的工业机器人、全副武装的警察,甚至自动推土机?"

"没错!"听到这些话,琉璃的情绪反而高涨了起来,"就是这样!我的目标是推倒那座高塔,把这个罗斯巴特集团的阳具狠狠地折断!而且是用乔留下的宝贵财富——这架真真正正的机器人来做,让他们瞧一瞧什么叫蓝领工人的真正力量!"

过于露骨的话听得我哭笑不得,"我们做不到的,琉璃,在走到白色高塔之前,我们就会被击倒在地,从七层楼的高度跌得粉身碎骨!"

"这么说,你还是没想起来。"琉璃突然冒出一句话。

"没想起什么?"我莫名其妙地问。

"算了。"她说,"总之,计划就是这个样子,还有什么问题吗?"

我知道无法劝阻她,只能答道:"没问题了,我们什么时候开始?如果现在开始熟悉操作,在你的模拟舱里试运行几次,我想3天后就可以正式启动了。当然也要做好最坏的打算,万一出现水温过高、漏油、总线及冗余总线失效等状况,要有应急预案。另外,

| 太原之恋

我可以回一趟家把事情安排好,然后帮你改进几个地方,其实油管可以藏在骨架内的,钢管本身预留了走线的空间,不过设计图上为了表现出油路与电路,没有做隐藏处理……"

"现在就干。"

"好的……什么?"我愣住了。

"我们现在就出发,大熊。"琉璃没有回头,"如果说这世界上有个我最对不起的人,那么一定就是你了。我知道你故意与我们疏远,这令我也很痛心,我不想把乔从你身边夺走,甚至跟你成为陌生人……可是我不后悔自己的选择,乔是我遇见过的最出色的男人,直到现在,我都记得我们肩并着肩坐在纪念广场观看烟花的情景,那是我这辈子心跳得最厉害的时刻。"

我没有作声。

"我知道你总在某个角落瞧着我。就算在台上唱歌的时候,我也能看到人群中的你。我什么都明白,大熊,我令你伤心了。过去那么多年之后,我又把你叫过来,害你抛下所有的一切,帮助我去做一件彻头彻尾的蠢事……我是个自私的坏女人,大熊。除了你之外,我想不到任何人可以依赖,而你……"

"真啰唆。"我说,"现在就出发的话,我得先把手机关掉,以防一会儿有人打扰。"

琉璃的肩膀微微颤动着,透过紧紧依偎的身体,我能感觉到她细微的颤抖。甜蜜的桃子味道从她的领口传入我的鼻尖,穿过她腋下的双臂能感觉她肌肤的细腻与温暖，这些感觉犹如苦涩的毒药，随着血液传遍每一条血管，我默默咬着牙关，装出一副满不在乎的样子。

过了好一会儿，她突然开口道："大熊，你结婚了吗？"

"结婚了，妻子是个不错的女人。我还有一条总是嚼遥控器的大狗，名叫布鲁托。"我回答道，"你呢？"

"当然，我的丈夫是个不怎么喜欢回家的男人，不过非常帅气。你们俩没准儿会很投缘。"她笑着说。

"我猜也是。"我说，佯装没有看到她侧脸上滚落的液滴。

她笑道："不用给家里打个电话吗？"

我说："不用啦，都是大人了，狗也很乖。"

她说："那么我们数一、二、三，一起按下启动开关，好吗？"

我说："好啊，要踩离合器吗？"

她说："虽然是自动变速箱，启动时也是要踩离合器的。"

我说："那么是数到三的时候按，还是数完三以后才按呢？"

她说："干脆就数到二的时候按吧。"

这是我们小时候常有的对话。

"一，二。"

我们的手指在红色启动按钮处会合。这一瞬间忽然感觉非常安静，我几乎以为启动电机不会工作了，几秒钟之后，迟来的机件运转声传入耳鼓，两台罗尔斯·罗伊斯牌V12高压共轨涡轮增

| 太原之恋

压柴油机的第一和第十二气缸活塞同时压缩，燃油被高压点燃，紧接着，所有的气缸依序燃起，雄浑有力的机械噪声从驾驶舱下方传来，两台 V12 发动机奏出令人心旌动摇的低沉鼓点，响亮的排气声从机器人背部的四个排气管爆裂而出。琉璃松开离合器，缓缓提升转速，来自装甲车的大功率柴油机如同群狮咆哮，排气管响起一连串急促如马蹄落地的爆鸣声。

在这一刻，我几乎能想象整座城市的机器人警察同时放下手中的工作，转动摄像头向这个方向望来，一万只乌鸦轰然飞起，数不清的传感器纷纷传递异常数据，白色高塔里开始出现不安悸动的场景。

两百支柔性液压支撑杆温柔地托起座椅，让我们悬浮在驾驶舱中央。我与琉璃分别握紧操纵杆，以非常别扭的姿势相视一笑。

她说："第一步。"

00∶40

我按下左手边的按钮，八块悬浮在座椅周围的液晶屏幕将八个方向的画面投射在座舱内部，简单的摄像头算是机器人身上最高科技的玩意儿了吧。随着琉璃拉起手柄，油门传感器将提速信号发送给柴油机的 ECU（电子控制单元），两台巨兽的鼓点噪声逐渐变得密集起来。

"转速700rpm、800rpm、900rpm……990rpm，水温60℃，机油温度80℃。"我报出头顶仪表的读数，"达到最大扭矩点了，释放固定机构吧。"

"你说那些挂钩、钢索和管线？"我怀中的女人回答道，"那不是可活动机构，直接破坏掉就好了。"

"我猜你也没有设计一扇大门。"我叹道。

"就像鸡蛋壳里的小鸡一样，我们就自己啄个口子出去吧！"琉璃的声音颤抖着，我不知那代表着恐惧、激动还是喜悦。

我身上的肌肉从未如此僵硬。全身的力气都集中在指尖，以最轻柔的动作拉起左手手柄。液力变矩器将扭矩输出给分动器，位于肩部、肘部、腕部和指部的万向传动装置获得了力量，轴承转动，油压升高，双足机器人的指尖微微收缩，完成了自己诞生以来的第一个微小动作。

紧接着，噼里啪啦的断裂声连珠响起，扯断的电线在支撑架间四处乱甩，爆出金色的电火花，高压软管喷出雪白蒸汽，数不清的固定钢索一一崩断，在齿轮、传动轴和液压系统的共同作用下，由25吨钢铁构成的巨大手臂缓缓抬高，又缓缓放下。

透过观察窗，我着迷地望着机器人的手指一次次屈伸，如同初生婴儿第一次发现自己身体般充满好奇。

"太棒了！"语言已经不能表达我内心的情绪，"这太棒了，琉

太原之恋

璃！"我语无伦次地说道，试着控制那只巨大的手臂伸向楼壁，只是指尖的轻轻一触，整扇钢化玻璃窗就碎成颗粒纷纷坠落，金黄色的夕照从窗口洒进大楼，给这惊人的庞大造物镀上圣洁的颜色。

"冲吧，大熊！"琉璃喊道。

"好，我们上！"

我挥舞双拳。我的拳头由钢铁铸造，却比钢铁更加坚硬，一拳，两拳，钢筋水泥的大楼如同黏土模型般不堪一击，墙壁崩塌，天顶坠落，旋转楼梯像抽去骨头的蛇一样跌落尘埃。我用双手分开钢制支撑架，将"吉姆－吉姆尼"机械维修公司的橙红色大楼剖成两半。在这一刻，我就是这世界上所有的神祇，我在如雨坠落的玻璃和沙尘中昂然站立，迎接普照天地的明亮夕阳。

城市出现在我们面前。透过瞭望窗望出去，这雾霭弥漫的城市变得低矮可笑，街道显得如此狭窄，车辆显得如此微小，高楼大厦不过是触手可及的障碍物，远方延绵的废弃厂房则变为匍匐于地的墓碑。

"好，第一步！"琉璃拉起手柄，机器人左腿的髋关节、膝关节与踝关节依次运动，"轰隆！"巨大的脚掌从楼宇的废墟中拔出，横跨8米距离，稳稳地落在水泥路面上，发出惊人的金属撞击声。沥青路面立刻塌陷了，碎石从机器人脚掌边缘如喷泉一样涌出，紧接着，"阿丹"的右腿也迈出断壁残垣，在10米外沉重地落地，机器人前进三步之后停了下来，留下4个深陷于地面的巨大脚印。

我能感觉机器人行走时的姿态，不过，冲击和倾斜被柔性液压支撑杆抵消掉了，没想到琉璃如此完美地实现了空想中的减震结构，这可以说是巨大机器人最重要的组成部分，若没有这个结构，"阿丹"每一个简单的行走动作都会使驾驶者受到强烈冲击，令我们的大脑在颅腔内震荡引起脑出血，更严重的是导致死亡。

"没问题吧？"我问。

"没问题，状态正好！"琉璃抹去额头的汗珠，大声回答。

我们站在铜矿路中央，这条宽阔道路的尽头就是罗斯巴特公司的白色高塔，雾气遮住高塔的基座，让这栋建筑看起来像是悬浮在空中的海市蜃楼。夕阳把一切染成金红色，一大群乌鸦盘旋在机器人头顶，发出刺耳的噪声。四五名机器人警察出现在机器人脚下，头顶闪烁着红蓝色警灯，履带底盘上的众多摄像头上下打量着"阿丹"，显得有些犹豫不定。

"有一首琼·贝兹的歌，你介意听听吗？"琉璃突然说道。

"当然不介意。"我没有拒绝。

她掏出播放器，戴上一只耳塞，反手摸索着帮我戴上另一只。民谣女歌手平静的声音在耳边响起："昨夜我梦到乔，他如同你我一般活着。"

"没有比这更合适的歌了吧。有空，我也会唱给你听。"琉璃说。

柴油发动机发出怒吼，排气管冒出浓烟，机器人的左脚高高

太原之恋

抬起,遮蔽了机器警察头顶的最后一丝阳光。刺耳的警笛声刚刚响起就化为蜂鸣器破碎的电流噪声,受惊的机器警察立刻四散逃走,全然不顾被踩扁变成电子垃圾的同伴。几乎立刻,城市的每一个角落都响起警报,城市的死寂被砰然打碎,每一个留在这里苟延残喘的人类与机器人都竖起耳朵,倾听10年未曾出现的混乱之声。

琉璃迈出第二步,接着是第三步、第四步。她很小心地维持着机器人的平衡,我也试着摆动手臂配合她的动作。刚开始,"阿丹"的动作还像一个笨拙的提线木偶,可才走完一个街区,它就成为灵巧的匹诺曹了。我们是如此默契,以至于有时忘掉了是谁在操控,感觉是"阿丹"自己在大踏步前进。

琼·贝兹质朴而高亢地唱道:

昨夜我梦到乔,他如同你我一般活着。
可是乔,你已经死去10年了,我说;
我从未死去,乔说,
我从未死去。

那些铜矿主杀死了你,乔,
他们开枪射中了你,我说;
仅仅用枪是杀不死一个男人的,
我从未死去,乔说,

我从未死去。

前方的雾气中冲出大量机器警察，它们形状不同、装备各异，看得出来基本都是缺乏保养的前几代机器公民，或许它们之中还有我一手设计的独特个体，但那又怎样呢？如今它们只是前进道路上不起眼的阻碍罢了。橡胶子弹噼里啪啦地打在"阿丹"的胸部装甲板上，对付人类暴徒的震撼弹和凝胶弹一个接一个地爆炸开来，在"阿丹"身上留下五颜六色的涂鸦。

我随手折断一根信号塔，像打高尔夫球一样将这些警察击飞出去，它们发出凄厉的警笛声旋转飞远，带着红蓝相间的尾迹坠落于雾气当中。

"右臂的油压不太稳定，不要超过液压系统负荷。"琉璃提醒道，"你的动作太剧烈了，柴油机的水温也会升高得太快的。"

我举起大拇指做出回应。

> 他站在那里高大如昔，
> 眼带笑意。
> 乔说：他们杀不死的那些东西，
> 组织起来，
> 在此聚集！

太原之恋

踩过机器警察的残骸,前方暂时没有阻碍,距离罗斯巴特公司的高塔还有两个街区的距离,对"阿丹"来说,这只是几分钟的路程。

听着琼·贝兹歌声中那个熟悉的名字,突然,一阵突如其来的剧痛击穿了我的大脑,冰山彻底融化,回忆的最后一丝迷雾被风吹走,10年前那个夜晚的记忆瞬间清晰。

我终于想起了一切。

"等等……是我……杀死了乔?"

我终于想起了一切。

00:25

长久以来主宰机器人行为的是阿西莫夫的机器人三定律,但就是在那场旷日持久的工人运动中,罗斯巴特集团意识到了三定律的不足:人类将机器人狠狠砸毁,而第一原则阻止机器人出手反抗。随着新公民阶层的形成,定律得到了多方面的扩展,比如第四定律"在不违背以上原则的前提下,机器人必须参加劳动以维持自己的存在",第五定律"在不违背以上原则的前提下,机器人拥有生殖的权利及义务",当然最关键的是第零定律"机器人须保护人类的整体利益不被伤害",这条置于一切原则之上的模糊原则赋予了机器公民很大的自由度，最直观的体现，是机器人警察现在可以攻击破坏社会秩序、违背法律的人类公民。

10年前的那个夜晚，工人运动达到了最高潮，人们心底的怪物被唤醒了，情绪激动的工人将"大卫"塑像浇满汽油点燃，掀翻汽车，砸碎玻璃，冲进每一家店铺，用钢管和扳手将所有没有系红色头巾的人狠狠击倒……

这些人踏着机器人警察的碎片，高举火把拥向市中心，每一条街道都陷入混乱，流动的火焰从四面八方向城市中央集中，罗斯巴特集团的白色高塔成为暴动者的聚集点。几台大型机器警察立刻被人流冲毁，工人们开始冲击罗斯巴特大楼的正门，人群像旋涡一样暴躁不安地转动，石块如雨点般砸向玻璃幕墙，火焰燃烧声、玻璃碎裂声、咒骂声、吼叫声、爆炸声纠缠成末日的交响曲。

我本来只是这场运动的旁观者，但不知为何，当暴力成为主旋律，我也不由自主地抓起武器，融入暴乱的洪流。

这时，乔在人群中出现了。他费力地爬上一只空油桶，用扩音喇叭大声喊道："停下！这不是我们该做的事情！暴力是不能解决问题的！你们正在伤害无辜的人！"

人们暂时停下动作，广场安静下来，脸上沾着油污和血迹的工人表情木然地望着他，望着曾经被众人拥戴、后来却因观点不够激进而遭遇冷落的运动领袖。这场运动已经持续得太久，州政府、工业企业集团大财阀们与罗斯巴特集团的态度暧昧不明，尽

太原之恋

管一个又一个补偿方案出台，遣散金不断提高，有人也对新移民城市养老安置的远景抱有了希望，可大多数人的情绪却在失望中不断发酵，最终酿成绝望的风暴。

乔一把扯下红色头巾，用尽全身力气喊叫着，导致声音支离破碎："瞧瞧你们自己的手，兄弟们！你们的手上沾满了血！那是你们父亲的血！你们妻子的血！你们孩子的血！睁开眼睛看清楚！"

无数支火把熊熊燃烧，不安的气氛在人群中传递，我茫然环视四周，每个人脸上都带着和我一样的迷茫表情。我的手中握着撬棍，撬棍上沾着不知属于谁的血迹，我记不清刚才做了些什么，只知道有种罪恶的快感在心底升高、升高……透过层层叠叠的人影，我看到琉璃站在那里，竭力扶稳那只红色的空油桶，她的身边还有许多熟悉的面孔，我的父亲也在其中。

这时，另一个方向传来呼叫声："现在我们是不可能停下的，你这个懦弱的投降者！这场运动的最高潮正在到来，如果不随着我们前进，你会连同罗斯巴特集团一起被革命的大潮完全淹没！"

乔摇摇头，"这是一条完全错误的道路，停下吧，趁现在还来得及！只要放下手中的武器……"

他的话没有说完，我偷偷拾起一块石头，用力砸了过去！

石块砸在他的额头，又落在油桶上发出惊人的巨响。

我从未如此憎恨过一个人，现在愤怒的毒药烧红了我的眼睛。

永远高高在上的他,永远道貌岸然的他,永远讲着大道理的他,优秀的他,光明的他,拥有一切的他……被琉璃深情注视的他。琉璃的眸子映射着火炬的光芒,视线中载满刻骨的柔情,只要这一个眼神,就能让我的灵魂冰冻成铁,粉碎成沙。

乔伸手捂住额头,一丝鲜血从指缝中流下,他带着诧异的表情望向这边,我立刻低下头,将自己藏在人群之中。"放下武器,永远不会太迟……还要多少死亡,才能意识到已有太多人死去,我的兄弟们?"他没有理会流血的伤口,俯下身接过木吉他,拨出一个熟悉的 G 和弦,那是鲍勃·迪伦《答案在风中飘扬》的歌词与旋律。

"打倒他!"另一个声音叫道。

歌声响起,人群稍微平静,扩音喇叭传出并不清晰的扫弦声和歌声。

"打倒他!"我突然大喊一声,高高举起手中的撬棍。

"打倒他!"安定了一瞬间的旋涡开始转动,不知是谁抛出一块大石头,准确地砸在乔的胸口。他痛楚地屈起身体,口中却仍吟唱着沙哑的民谣。在这一刻,这个站在油桶上面对一万名暴徒执着歌唱的男人显得如此幼稚,如此渺小。

第三块石头呼啸而去,我看到琉璃奋力伸出手想要挡住这次攻击,但石头还是砸中了乔的肩膀。一个趔趄后,他跌倒了下来,接着立刻被人潮淹没,最后一个和弦还在夜空中回响,音符的主

| 太原之恋

人已不见影踪。

就这样，我杀死了乔。

反对的声音消失了，人流席卷了整座城市。那个夜晚的细节，我记不清楚了，只知道夜越来越深，城市被大火笼罩，每个人都累了，丢下沾血的武器坐倒在路边。工人运动领袖从燃烧街道的彼端走来，身后带着一群穿白衣的男人，还有几台怪模怪样的履带式机械。

"你们是真正的英雄，历史必将因你们而改写。"一个白衣男人的脸上带着笑意，"这是你们争取来的东西——罗斯巴特集团与州政府提供的福利。只要接受一个简单的测试，服下蓝色药丸，你们这段不太美好的记忆将会与身上的指控一起烟消云散。明天，在接受联邦政府的测谎检查之后，你们将作为斗争胜利的工人代表接受州长、工业企业集团代表与罗斯巴特集团总裁的接见，带着优厚的遣散金，在其他城市得到良好的教育机会与梦寐以求的工作。当然，这颗药丸还附带一个美妙的能力，它能消除你最想要忘掉的事情，不要浪费，兄弟们，享受无罪的胜利果实吧！"

当时，我没理解他说的是什么意思，也没有思考他与支持机器人的大人物之间的关系，甚至对他身后那台会自己行动、抽血、传递药丸和水杯的机械毫无反应。我已经累得没有力气动一动手指，更别说思考这么复杂的问题。

"老兄，那是机器人吗？"身边有人问。

"谁知道,管他呢。"另一个人回答。

机器走过来,用细小针头抽走我的血液,片刻之后将蓝色药丸递了过来。

我勉强抬起右手接过托盘,"这里面是什么玩意儿?"

"500 个非常原始的纳米机器人,先生。它们解冻之后的生命周期只有 100 秒钟,在烧灼您的大脑海马体、封锁 24 小时之内记忆之后,就会自动分解,完全无副作用。当然,它也可以同时探测记忆区域中最活跃的信号,将相关的记忆链冻结起来,帮助您忘记现在脑中想到的最强烈的一系列回忆。"机器回答道。

"随便吧。"我吞下药丸。

这时,愤怒已经消退,恐惧、悲伤、悔恨的情绪开始蚕食我的灵魂,我仰面朝天地躺在马路上,望着被火焰映得通红的夜空……

我都干了些什么?乔还活着吗?琉璃……她还好吗?至于我的父亲……

乔,我亲手杀死了他,我的兄弟。

不!我只是报复了那个抢走琉璃的人而已……

我有错吗?能是我的错吗?

乔……

第 2 天,一片狼藉的城市和遍地的尸骸让所有人震惊欲绝,作为城市象征的"大卫"塑像被烧成了黑色的骷髅骨架,罗斯巴特

太原之恋

集团的白色高塔找不出一块完整的玻璃。穿过冒着青烟的汽车残骸，我们找到亲人的尸体，也找到了乔。

没有人知道昨夜究竟发生了什么。事件升级了，罢工运动变为集团暴力行为，州政府很快以武力接管了城市，全副武装的国民警卫队开进城市，将丧失斗志的工人们狠狠镇压。重压之下，运动领袖无法再保持立场，只得向州政府与工业企业集团财阀们做出让步，大部分人接受了新移民城市的提案，搬迁到400千米以外的居住区，过着衣食无忧的生活，享受无报酬工作的美好幻象。

埋葬父亲之后，我拿到一笔数额惊人的遣散金，头也不回地离开这座城市，从此再未回来。

原来，那被抹去的24小时的回忆与有关乔的记忆链，就是10年来无数个噩梦的起因。

我终于想起了一切。

00∶10

"我杀死了乔。"我说。

"不，是他们。"琉璃目视前方，透过颜色越发暗沉的雾霾，白色高塔在静静等待。

"对不起。"我说。

"应该说对不起的是他们。"琉璃平静地回答。

金属的脚掌降落在 10 年前浸透鲜血的地面，巨大的机器人昂然前进，用 9 米步幅丈量着宽阔长街。在前面一个街角，我看到邮电大楼的绿色轮廓，在那里有着我们的秘密基地，那是埋葬我纯真童年梦想和乔生命的地方。

雾中传来震耳欲聋的噪声，高大的工程机器人被第零定律驱使而来，挥舞着摇臂、铅锤和铁铲发动攻击，无数微小的清洁机器人从履带和车轮底下钻出，像潮水一样涌来，纷纷爬上"阿丹"的双腿，开始啃噬着电缆和油管。

砰！沉重的吊锤击中胸部装甲，巨大机器人的身形歪斜了，观察窗里出现深蓝色的天空。琉璃咒骂一声，用一连串操作让机器人恢复平衡。

"阿丹"抬起左腿，狠狠地踩扁一台吊车机器人，同时将小小的钢铁寄生虫们震掉在地。我用手中的信号发射塔击打着敌人，把载重卡车掀翻在路旁，用吊锤把一辆又一辆工程机械砸成铁饼。两台柴油发动机发出不安的抖动，燃烧不良的黑烟从背后排气管喷出。"阿丹"腿部开始泄漏油液，右腿液压系统的油压正在下降，但我们还在前进，机器人的残骸在身后燃起火焰，抵达目的地只剩下一个街区的距离。

"当时在乔身边的人，反对暴行的人，活下来的……"手中的信号铁塔与最后一台工程机械同时粉碎，我长长地做了几个深呼

太原之恋

吸，开口道。

"一个都没有。"琉璃回答道，"当时我的心跳停止了，但在送往停尸房的路上奇迹般醒了过来。我想，是乔给予了我力量吧。"

"我曾四处找你。"我说。

"我藏了起来，直到所有人都离开。"琉璃说。

"我杀死了乔。"我说，"是我掷出了第一块石头。"

"你是他最好的朋友。"琉璃说。

"对不起。"我说。

"也是我最好的朋友。"琉璃说。

远方的天幕出现几个小小的黑点，我知道那是受雇于国民警卫队的飞行机器人，这种类型的机器人是近期才出现的，我肯定自己参与过它们其中几位的设计过程。尽管没有常规武器，它们却多数携带着EMP电磁脉冲导弹，这东西对机器人和人类驾驶的机械来说都是致命的威胁。愈来愈多的机器人出现在前方的道路上，更多的阴影潜藏在雾气当中，没人知道这座死去的城市里究竟藏着多少机器人，就像尸骸中暗藏的蛆虫因骚动而现身。

无数盏灯光亮起，无数个声音响起，前方密密麻麻的机器人将宽阔的铜矿路牢牢堵死。清洁机器人沿着两侧高楼的外壁爬行而来，蠕虫形状的管道机器人在雾气中扭曲不定，服务机器人点亮照明灯，零售机器人喷出热水与液氮……每个机器公民都在用自己的方式表达对巨大机器人的愤怒以及对生存的渴望。我相信在其中看到了T00485LL的影子，脱离了轨道的单轨机器人笨拙地跳跃着，欢快地叫嚷着："立刻停下来！否则你们会受到制裁！"

这时我突然想到，若换个角度来看，这些会思考的机器何尝不是人类原罪的受害者？它们并没有选择来到这个世界，若不是人类这万恶之父轻率地赋予钢铁以灵魂，它们何以要承受漫长的苦刑？

它们不断地扑上来，试图在"阿丹"身上留下一点伤痕。一台清洁机器人灵巧地跃上驾驶舱，开始用旋转刀片切割瞭望窗，我奋力甩开许多敌人的纠缠，用左手拍打"阿丹"的头部。啪！破碎的躯体无力坠落，龟裂的玻璃上留下深红色的油液，就像真实的鲜血。

轰！脚掌碾过机器人组成的地毯，元件横飞，火花四溅。每一个仪表上的指针都开始进入红色区域，两台老旧的柴油机已经不堪重负，胸部装甲板整个破裂了，露出冒着黑烟的机械，腹部的帆布被撕成褴褛的布条。"阿丹"浑身上下每一根破损的油管都在喷出液体，每一个关节都在发出润滑不良的摩擦噪声，巨大机器人的步伐变得越来越缓慢，但距离白色高塔只剩下100米、90米、80米，我们能够清楚看到罗斯巴特集团的盾形标志，看到那些关闭着的、藏着怯懦无助的人类的玻璃窗。

或许我们能在飞行机器人到达前抵达目的地，倾尽全力将高塔的支撑柱一根一根折断；或许我们在那之前就会被机器人所淹

太原之恋

没,化作第零定律下的飞灰;或许琉璃能够原谅我;或许她真的没有恨过我;或许……乔此时正在天上看着我们。

"就算真的将高塔折断,又能怎样呢?10年前,他们……不,我们冲进了那座高楼,将里面的一切都砸得稀巴烂,但最后什么都没有改变。"我说。

"不,我们一定能改变什么的。"她说,"此时会有无数人望着我们,听着我们的声音,责备着我们,讽刺着我们,可有一天,他们会找到事情的真相,就像你一样;然后做出一点改变,即使只是一点点,就像我们一样,这个世界就会变得不同。乔这样告诉我,我也想这样告诉全世界。"

"只能用这种方法吗?"我说。

"这是我唯一能做到的。"她说。

"我是个罪人。"我说。

"谁不是呢?"她说。

"我们会死的。"我说。

"谁不会呢?"她说。

00:01

我紧紧拥着此生最爱的女人,用每一寸肌肤感觉她的温度,贪婪地嗅着那蜜桃般甜蜜的滋味，带着最深刻的恐惧和最战栗的满足，就像20年前那个温暖的夏日，我们在卧室的床上如此紧紧依偎，以"二人羽织"的方式面对整个世界。我藏在她的背后，被棉被保护着，隐藏着自己的懦弱和自卑，希望这一刻延长到时间的尽头；而她，勇敢地直视着卧室窗外的甲壳虫汽车残骸，直视着机器人大会中的数千名观众，直视着铺天盖地冲来的机器人大潮。

"对不起，琉璃。"我说。

"谢谢你，大熊。"她说。

乔在天国抱着吉他微笑。

"阿丹"伸出残破的双手，穿过无数阻拦，终于拥抱到了那座沉默无言的白色高塔。

夕阳中，飞行机器人的影子升起，火光闪烁，烟花灿烂。

机器人大会上的夜空升起灿烂花火，照亮三个孩子的身影，亲密的两个，孤独的一个，那是我此生看过最美的焰火。

00：00

不知从何处而来的风，吹散了这座城市浓厚的烟尘。

即使只是一瞬。

| 太原之恋

后　记

　　每个男孩的梦里都有机器人、摇滚乐和带着甜蜜水蜜桃气味的女孩。仅以此篇幼稚童话向浦泽直树、木城雪户等大神致敬。另外，每章节标题的倒数时间其实是与 Bon Jovi 的 Dry County 对应的，不妨找来当背景音乐听，即使是流行摇滚乐队，也应该因这首歌而被永远敬仰。